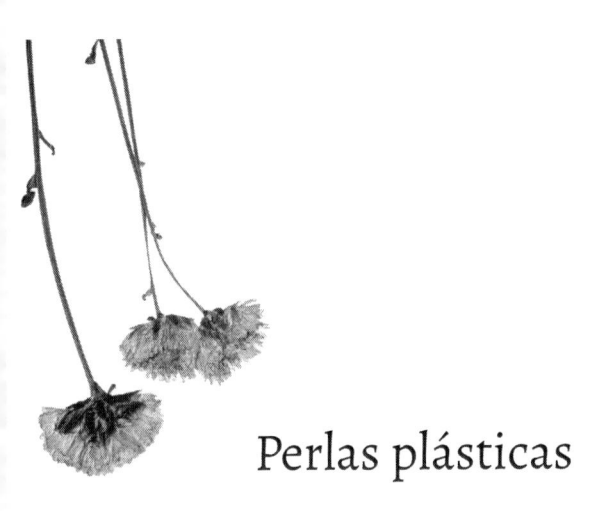

Perlas plásticas

Perlas plásticas

Sandra Guerra

Perlas plásticas

Primera edición, junio 2023

©Sandra Guerra, 2022

Producción editorial por *Construye tu Libro*

Todos los derechos reservados. No se permite la reproducción total o parcial de esta obra, ni su incorporación a un sistema informático, ni su transmisión en cualquier forma o por cualquier medio (electrónico, mecánico, fotocopia, grabación u otros) sin autorización previa y por escrito de los titulares del *copyright*. La infracción de dichos derechos puede constituir un delito contra la propiedad intelectual.

Publicación independiente

ISBN: 979-8-218-16388-4

A Paco, Marco y Sergio, los que me llenan de abrazos y sonrisas. Gracias por quererme.

*La vida, a veces,
deshilvana lo cosido,
desazona el guiso,
desentierra lo olvidado.*

Anónimo

Capítulo 1

Entre árboles, musgo y tumbas

El último día que Mónica Fernández estuvo en París se fue a pasear por el famoso cementerio Père Lachaise. Rodeada de tumbas llenas de musgo visitó la de Molière, Edith Piaf, Oscar Wilde y sonrió al ver las botellas de alcohol que algunos visitantes dejan en la de Jim Morrison. Horas más tarde había caminado tanto que sentía los pies como dos bloques de cemento, pero el cansancio no le quitó el deseo de pasar por la de Balzac.

"Hasta que no la vea no me voy", se dijo empecinada. Siguió acérrima por aquellos caminos floreados con árboles de cerezo. Sus pisadas se confundían con los tiernos pétalos de flores que poblaban el trayecto como una alfombra rosada en plena primavera, cuando de pronto la encontró. Se llevó las manos a la cabeza y con la boca abierta caminó hasta llegar al busto erigido en memoria del escritor. Lo saludó como si el mismísimo hombre estuviera ante ella. Se acomodó el cabello castaño, y algunos mechones ondulados color albaricoque se le quedaron sueltos. Unió sus manos delicadas a la altura del pecho y le agradeció haber escrito *Papá Goriot*. Le deseó eterno descanso y no se marchó sin antes jurarle que volvería a visitarlo. El que la vio hablándole a un busto colocado sobre una base de piedra habría pensado que la locura tocó a su puerta.

–¡Qué más da, a esta caribeña nadie la conoce en París! –dijo en voz baja tras una risa aniñada.

Salió del cementerio con ganas de despedirse del río Sena y volver a imaginar a Maupassant nadando en ese cuerpo de agua que atraviesa la ciudad parisina, pero ya los pies le suplicaban descanso. Pidió un taxi al hotel. Luego de bañarse se escurrió bajo las sábanas. Al día siguiente le esperaba un vuelo largo a Nueva York, a donde se había mudado hacía casi dos años.

Cuando llegó de París a su apartamento en Brooklyn, donde recién se había mudado, encontró un sobre dirigido a ella encima de la mesa del comedor. En este, su nombre y apellido estaban impresos con tilde, y eso le estuvo curioso porque desde que había llegado a Norteamérica nadie lo había escrito de la manera correcta. Carol, la amiga con quien compartía el alojamiento, le explicó que lo encontró esa mañana tirado en el piso, cerca de la puerta.

–No me atreví a abrirlo, Mónica. Eso lo aprendí de mi papá; hay que respetar la privacidad. Pero ¿de quién será? –preguntó Carol eufórica, y dando palmadas le insistió que lo abriera rápido.

El sobre era cuadrado y algo pesado. Su nombre completo estaba impreso con la tipografía usual de una máquina de escribir antigua. Al abrirlo cayó al suelo una llave de bronce con un diseño gótico. Adentro había una carta con el mismo estilo de letra del remitente:

En el interior de la casona número 311 de la calle del Sol del Viejo San Juan, hay obras de gran valor. Allí vivió el alemán Kurt Fisher, amigo de tu tía Rosaura Fernández. Lee el epitafio de la tumba de Kurt en el cementerio de la ciudad murada.

Mónica se quedó callada por varios minutos. Parecía haberse tragado la lengua. Carol, pasmada luego de escuchar lo que estaba escrito en el papel, gritó como si se le hubiera presentado un espectro, y quiso arrebatarle el papel de las manos.

–¡Espera! –le ordenó Mónica alzando la palma de la mano para calmar los nervios de la amiga–. Fíjate en la composición del papel –le instó.

–¿Qué quieres decir con eso? –preguntó Carol frunciendo el ceño.

–Este papel está hecho a mano, no con una máquina. Los cuatro costados son irregulares y las fibras están mezcladas; no siguen una sola dirección como los papeles hechos en una fábrica –le contestó Mónica analizando el sobre.

–¡Ya empezó la curadora a estudiar el origen del material! –dijo Carol riéndose, mientras Mónica no cesaba de observar el papel como si sus ojos tuvieran un lente infrarrojo incrustado.

–No tengo idea del material que se usó. Pudo haber sido algodón, sisal, lino...

–¡Ay, Mónica! Tú sabes que esos papeles los venden en cualquier esquina –interrumpió Carol en tono burlón.

–Tienes razón, pero aquí hay algo más. No puede ser tan sencillo –contestó de manera tajante y se retiró a su habitación.

Pasó la noche cambiando la almohada de posición, arropándose y quitándose la frisa. Tenía tantas interrogantes que no pudo descansar. Los recuerdos de la tía Rosaura, la única hermana de su padre que había desaparecido trágicamente cuando ella era una niña, se proyectaban en su mente sin tregua. Entre ellos prevalecían las visitas a un amigo de la tía, que no podía precisar si en efecto era el que se mencionaba en la carta. Como único iba a poder confirmarlo era trasladándose a Puerto Rico. Pero pronto inauguraría una exhibición importante para lograr la permanencia en el trabajo de sus sueños.

Capítulo 2

Sueño de hiel

Mónica se había mudado a la ciudad de Nueva York en el verano del 2013, luego de haber terminado una maestría en Gestión y Administración Cultural de la Universidad de Puerto Rico. La práctica de fin de curso la realizó en el Instituto de Cultura Puertorriqueña y por su excelente ejecutoria le ofrecieron quedarse. Ella aceptó ilusionada. Le sobraban ganas e ideas para desarrollar proyectos que enaltecieran el arte y la cultura de la isla. Sin embargo, fueron múltiples los escollos que encontró debido a los incesantes recortes de presupuesto. Esto la desamoró y nutrió un desapego hacia todo lo que tuviera que ver con el arte nativo.

Con el mismo arrojo que tuvo cuando le comunicó a su familia que no quería ser ni abogada ni doctora en medicina, partió hacia Manhattan. Sus padres no estuvieron de acuerdo, pero de todos modos empacó lo necesario y se marchó a experimentar la magia de la vida citadina de Nueva York: el trajín constante, la muchedumbre en las calles, el sonido de las sirenas, las obras de teatro en el parque, los puestos de comida en la calle, el arte que se cuela por cada una de las esquinas de la ciudad.

Tenía el dinero justo para subsistir cuatro meses, pero con el alto costo de las viviendas en la ciudad necesitaba un trabajo urgente. Con la prisa de salir de la isla, el único lugar donde encontró un apartamento temporero fue cerca de Times Square, pero al cabo de una semana las pantallas gigantes con imágenes coloridas parecían martillarle el cráneo. Ella sabía que tenía que aguantar vivir allí hasta que estuviera empleada y no cesó en su empeño. Salía todos los días a llenar solicitudes. Recorrió Manhattan buscando alguna oportunidad desde el Parque Central hasta el Distrito Financiero. Visitó tiendas de ropa y restaurantes de todo tipo de especialidad culinaria. También, fue a distintos museos como el Guggenheim, el de Arte Contemporáneo y el Whitney. De regreso en el tren subterráneo solía dejar cruzados el dedo índice junto con el del corazón para atraer la suerte, en especial para poder tener una oportunidad de trabajo en alguno de los museos. Mientras ella dejaba ensalzados sus dedos, otros pasajeros disponían del tiempo en el tren sumidos en su propio mundo. Muchos permanecían mirando el suelo casi sin pestañear, otros cancelaban el sonido de su alrededor con audífonos.

Pasaron tres semanas sin recibir ofertas y su cuenta de ahorros se achicaba. Dentro de su cabeza retumbaban las advertencias de sus padres sobre lo ostentoso que era vivir en la ciudad. "Mónica, yo no sé qué tú estás pensando. Nueva York es carísimo, nena. ¡Ay, por favor! Deja esos planes. Quédate aquí tranquilita", le cantaleteaba su madre mientras preparaba la cena. "Ay, bendito Amelia. ¿Tú crees que ella te va a hacer caso? Ella salió a su tía Rosaura, ¡cojonuda! Déjala. Ella aprenderá sola", reaccionaba Ramón, su papá, sentado en la mesa esperando que le llevaran su plato de comida.

Esos ecos le revolvían el estómago, pero los resolvía con un: "No me rindo", mantra que aprendió de Rosaura, quien siempre la animaba a no permitir que algún obstáculo postergara sus metas.

A la quinta semana la llamaron para un puesto de mesera en un restaurante francés, famoso por la sopa de cebollas y los *bellinis*. También le ofrecieron el puesto de anfitriona, para recibir a los comensales y dirigirlos a las mesas, pero ella prefería el de mesera, por las propinas. Lo sugirió y aceptaron. Con ese trabajo podía pagar otro lugar para vivir que la librara de aquellas pantallas lumínicas.

Y lo logró. Encontró un estudio con una renta manejable cerca de la estación del tren subterráneo Grand Central. Era bastante pequeño. Tan reducido que uno de los lados de la cama rozaba con la nevera y el otro con la estufa. Además, estaba descuidado y el baño no estaba restaurado. La bañera lucía descascarada y en el interior del inodoro había manchas amarillentas. Con todo y eso lo prefería. Estaba cansada de llegar mareada por las luces y el bullicio de Times Square.

El puesto como mesera le agradaba, pero se había hecho la idea de que el trabajo en el restaurante francés iba a ser temporero, ya que deseaba trabajar en algo relacionado con el arte. Pero las hojas del Parque Central empezaban a teñirse de amarillos y ella todavía servía *escargots, pommes frites* y *quiche.*

Una tarde de noviembre las temperaturas habían bajado lo suficiente como para deprimirla; el crudo invierno del este se avecinaba. Tras el frío, el cielo se puso tan gris como un día de tormenta en el Caribe. Para completar, cuando llegó al tren no encontró la tarjeta prepagada de viajes. Sin más opción tuvo que comprar una nueva. Ese día era seguro que Mónica llegaría tarde a trabajar.

Mientras esperaba en la fila para comprar la tarjeta, sin darse cuenta pisó el abrigo de la mujer que estaba a su lado. Cuando la mujer miró las botas de Mónica encima del pedazo de tela color crema, le dio una mirada iracunda que parecía querer tirarla a las vías electrizadas del tren. Haló con tanta furia el abrigo que la sacudió entera. Mónica la miró aterrada y esta, con una voz de ogro, le preguntó si estaba consciente de lo que había hecho. La curadora de arte se sentía tan deprimida que una lágrima surcó una de sus mejillas y se perdió en la bufanda gris que llevaba alrededor del cuello. La mujer le dio la espalda, entró al área de abordaje y desapareció entre la muchedumbre, sin una pizca de desasosiego ante la tristeza que reflejaba el rostro de la muchacha.

Compró la tarjeta, la deslizó por la máquina que da acceso al área de espera y entró. Aún con la mirada perdida se refugió en una de las paredes cubiertas de azulejos rectangulares blancos y negros. Primero recostó la espalda en las losas frías, luego puso la cabeza. Se mantuvo en esa posición hasta que escuchó el ruido de un tren acercarse y el viento que genera la velocidad de la máquina a su paso le acarició el rostro.

Llegó una hora más tarde a la calle Spring en Soho donde estaba el restaurante. A una cuadra del lugar paró en seco cuando vio en su lista de correos electrónicos uno que decía: "Oferta de empleo, Museo Solomon R. Guggenheim".

Capítulo 3

Brooklyn

Levantarse en las mañanas con una nevera a un lado de la cama y la estufa al otro la hastiaba. "Mónica Fernández, necesitas mudarte otra vez", se repetía varias veces al día. Sería la tercera mudanza en los nueve meses desde que llegó a Nueva York. Era obvio que necesitaba un lugar más cómodo. Tenía que ser lejos de Manhattan, porque, ahí, unos pies cuadrados adicionales significaban una renta que solo un millonario podía pagar.

Había escuchado que el costo de las viviendas en Brooklyn era más asequible y que la población que estaba optando por vivir allí tenía gustos similares a los de ella: el arte, la historia y la literatura. Lo comprobó durante varios fines de semana que estuvo por el área en unos mercados al aire libre cerca del río y el Parque Prospect.

Una desventaja le complicaba el panorama: quedaba muy lejos de su trabajo nuevo en el museo Guggenheim. Le buscó una solución al problema: podía emplear el tiempo en el tren para bajar la estiva de libros que tenía al lado de la puerta de la entrada. Eso sí, esta vez tenía que buscar a alguien con quien compartir los gastos del apartamento. Pero ¿a quién? Recordó que una de las compañeras de trabajo del restaurante francés le comentó una vez que tenía una amiga, que también era de Puerto Rico, y que quería mudarse al otro lado del Río Este. Pero le advirtió que era un poco excéntrica y bastante extrovertida. Lo de ser excéntrica Mónica no lo vio como un problema, ella también lo era. El ser extrovertida quizás le preocupó más, pero eso lo iba a saber cuando la conociera. Comoquiera, prefería soportar y ahorrarse algo de dinero.

Quedaron en verse un domingo en la tarde en un café cerca del Parque Bryant en donde la primavera ya se dejaba ver. Por la descripción que le dio su amiga, supo que quien venía caminando hacia el café con el cabello teñido color mermelada de fresa, una blusa floreada con botones, pantalones tipo vaqueros desgastados y zapatos cerrados del mismo color del tinte del pelo, era Carol.

Se saludaron con un beso en la mejilla, como si se conocieran, muy diferente al saludo de la mayoría de los norteamericanos. Ese gesto espontáneo le trajo recuerdos de los amigos que había dejado en Puerto Rico.

Se sentaron en una mesa bajo la sombra de uno de los muchos árboles frondosos que hay en el lugar, con la biblioteca pública de Nueva York a un lado, y al otro, la alfombra verde del parque. Cada una pidió un café. A preguntas de Mónica sobre por qué se había mudado de Puerto Rico cuando niña, Carol le contó:

–Vivíamos en Ponce cuando mi papá se quedó sin trabajo. Yo tenía doce años, soy la mayor. Tengo un hermano que es tres años menor. Entonces nos mudamos a Maryland. Allí mi papá consiguió trabajar en una compañía de venta de fotocopiadoras. Pudimos vivir muy bien, siempre con la idea de regresar a Puerto Rico. Aunque uno se acostumbra a la vida acá –contó, sin dejar de mover las manos, señalando cada lugar al que hacía referencia, exageraba la pronunciación de algunas palabras y abría los ojos para hacer hincapié sobre alguno de sus comentarios.

–Pero, eres ilustradora, ¿verdad? –preguntó Mónica.

–Sí, estudié en la Universidad de Washington, en San Luis.

–Claro, tienen un programa de arte muy prestigioso –dijo Mónica entusiasmada.

–Fue increíble haber estudiado allí –contestó Carol alzando los brazos.

–Y ahora estás en Nueva York.

–Sí, y me encanta esta ciudad. Pero, Mónica, ahora cuéntame de ti. Me dijeron que eres curadora de arte en el Guggenheim.

–Hace solo tres meses que empecé a trabajar allí. Soy asistente de curaduría. Ayudo en el proceso de organizar las exhibiciones que tienen programadas y estoy aprendiendo mucho. En Puerto Rico fue muy poco lo que pude hacer, debido a los recortes de presupuesto a los proyectos de arte, y me cansé. Por eso decidí venir a Nueva York. No quiero saber nada de la isla.

–Puedo imaginar la desilusión de querer hacer algo y no poder –sentenció Carol, contoneando el tronco del cuerpo y las manos, a la vez que hablaba.

La manera exagerada en la que Carol se comunicaba –una de las advertencias que le habían dado– a Mónica le pareció más bien graciosa. Y su cabello y forma peculiar de vestir le encantaron. Después de todo, ambas pertenecían al mundo de los creativos. Luego de conocerse un poco más acordaron mudarse juntas.

A la semana anduvieron por distintos barrios de Brooklyn admirando su singular arquitectura: fachadas de ladrillos marrón o rojizos, el andén en cada residencia, los ventanales altísimos, las calles llenas de árboles frondosos. Les gustaron varios apartamentos. Uno en especial se convirtió en el favorito de las dos porque estaba ubicado cerca de un parque inmenso en donde los fines de semana celebraban mercados orgánicos y festivales.

Cuando cerraron el acuerdo de alquiler con el dueño del apartamento, a Carol se le ocurrió una petición particular: cambiar el color de la puerta de entrada a rojo tomate. El hombre se opuso, pero ella se las agenció para que cambiara de opinión. De esta forma el apartamento 140 de Prospect Heights nunca más pasó desapercibido; era el único con ese vibrante matiz en toda la cuadra.

Tratar de ponerse de acuerdo con la decoración fue un dilema. Carol quería un sofá tapizado con retazos de telas antiguas, que a Mónica le parecía espantoso. Ella prefería un tono neutral y cojines de diferentes patrones. Los colores de las paredes fue otra disyuntiva. Mientras Carol se inclinaba por una pared rosa y otra verde, Mónica quería un tono gris claro. Al final transaron y convirtieron el apartamento en un lugar agradable con una mezcla de gustos que lucía interesante.

En las noches se sentaban en la sala: Carol en el sofá tapizado con pedazos de tela y Mónica leyendo en una butaca reclinable que había escogido a su gusto. Las paredes, unas grises, otras rosas y el pasillo verde, hacían que el lugar fuera bien acogedor. La sala tenía dos ventanas rectangulares enormes que daban hacia la parte de enfrente. Desde allí se podían ver los árboles frondosos del parque y los faroles alumbrando a los carros que pasaban por la calle y a las personas que caminaban por la acera.

Nada las perturbaba, a no ser que volvieran a dejar otro sobre misterioso frente a la puerta color tomate.

Capítulo 4

Calle del Sol 311

Días después de haber recibido la misteriosa carta, Mónica aterrizó en Puerto Rico. Tan pronto salió por las puertas automáticas del área donde se recogen las maletas en el aeropuerto de Isla Verde, sintió la cachetada de humedad y calor usual del clima de la isla. Pidió al conductor de un taxi que la llevara a la hospedería para dejar sus cosas y luego que la condujera hasta el casco antiguo.

Quiso bajarse en la esquina de la calle Norzagaray. Le apetecía subir la cuesta caminando para recordar las veces que lo hacía junto a la tía Rosaura. Cuando llegó a la esquina donde ubica el castillo de San Cristóbal, abrió los brazos y dejó que sus pulmones se llenaran de la brisa salada y que sus ojos admiraran el azul índigo del Atlántico.

Camino hacia la calle del Sol rumbo a la casona número 311, una cosquilla en el vientre y las manos sudorosas asediaban la tranquilidad de Mónica. "¿Por qué y quién me habría enviado esa carta?", era la pregunta que no se le quitaba de la mente. "Tal vez sea por mis conocimientos de arte", se planteaba. Cuando vio el número que buscaba, al cosquilleo en el vientre y las manos sudorosas, se le unió el corazón acelerado. Aun así, decidió entrar a la casona.

La llave al estilo gótico entró sin contratiempos por el cerrojo de la puerta de madera maciza. A la vez que Mónica se dirigía al interior, un olor añejo particular se intensificaba. La altura del techo construido de ladrillos, vigas de madera oscura y alfajías, la intimidó. A pesar de que todo parecía estar herméticamente cerrado, la temperatura estaba fresca. Presumió que aquel espacio amplio servía como salón principal. En él había objetos colocados en el centro y pegados a las paredes. Todos estaban tapados con mantas blancas. Vaciló con la idea de destapar alguno de ellos, pero no estaba segura de lo que escondían aquellas telas. Había uno cuya silueta era parecida a una silla. La desmanteló de prisa, como cuando se despega de una vez un vendaje adherido a la piel. Al verla tiró la cartera al piso y se acercó a tocarla. Se asemejaba a una de las sillas icónicas hechas de *plywood*, diseñada por Charles y Ray Eames. Con lentitud empezó a palpar el espaldar curvo hasta llegar a la amplia sentadera. Se paró frente a ella sin dejar de sentir la estructura de madera lisa color miel. Como curadora de arte, puso en práctica una de las técnicas usadas para identificar la autenticidad de una pieza. Se acuclilló para palpar por la parte de abajo los tornillos que aguantan las patas y la sentadera. "Cinco, dos, cinco. Si no me equivoco, esa combinación corresponde a la producción del 1946 al 1949, justo después de la Segunda Guerra Mundial", pensó. Una electricidad le subió por las piernas y le erizó la piel. Era probable que estuviera ante un diseño original. Había que comprobarlo. Si tenía el sello del diseñador y el manufacturero, era un hecho. Pero decidió averiguar ese detalle en otro momento. Aún asombrada, recogió la sábana del suelo sin dejar de mirar la silla y con cuidado la tapó.

Lo que acababa de hallar la incitó a querer ver más. Presintió que en aquella casona antigua construida con bloques de barro había una historia encerrada que debía descubrir. Maravillada, siguió recorriendo el lugar.

Tocaba las paredes blancas como las de las salas de los museos. Aunque desnudas, los rastros de huecos pequeños eran indicio de que en ellas hubo muchos cuadros colgados.

Siguió tratando de descifrar lo que se escondía bajo las mantas cuando se topó con un sobre tirado en el suelo. Como no estaba sellado lo abrió. Adentro había una hoja de papel amarillenta, de seguro por el tiempo que llevaba guardado, con un poema escrito a mano. Al final solo unas iniciales: J. B.

Al fondo de la sala, Mónica vio un salón resguardado por dos puertas anchas de madera. Una de ellas estaba abierta como invitándola a pasar. Allí el suelo de losas criollas tenía un diseño floreado color maíz y vino. A diferencia de la sala, los muebles de ese cuarto no estaban cubiertos. Parecía un despacho como los que aparecen en las películas de los años cincuenta donde se presentan a los actores tomando decisiones importantes. Al final había un imponente escritorio con una butaca de cuero marrón. Detrás, una biblioteca que ocupaba esa parte, más toda la pared del lado derecho. Mónica pudo reconocer algunos títulos de la literatura universal. No quiso acercarse mucho a los libros porque tenían polvo y telas de araña. Cuando se volteó encontró una butaca de madera oscura con el espaldar y la sentadera tapizados en tela verde. Aunque estaba un tanto raída, notó que era seda de buena calidad. Imaginó al dueño de la casa sentado en ella leyendo una colección de cuentos clásicos, o quién sabe si un poemario de Julia de Burgos.

Un cuadro grande adornaba la pared del lado izquierdo. La obra era un lienzo pintado en óleo con la imagen de una mujer de tez blanca entrando a una tina de porcelana. El cabello largo y lacio, marrón con destellos rojizos, cubría parte de la desnudez de la espalda cubierta parcialmente con una tela de lino translúcido. El perfil de la mujer le recordó a alguien, pero no pudo precisar a quién. El marco exhibía un diseño tallado en forma circular. Le pareció curiosa la ausencia de la firma.

El resplandor tenue del sol que se coló por la ventana, como avisándole que se hacía tarde, interrumpió las interrogantes que se enmarañaban en su mente. Corroboró con su teléfono móvil la advertencia del astro. En efecto, eran casi las 6:30 de la tarde. Así que salió de la casona antes de que el sol se pusiera. Mientras se alejaba, aquel aroma añejo que la recibió se impregnaba en ella con más ahínco.

No pudo dejar de sonreír cuando pasó frente a uno de los bares que frecuentaba con sus amigos. Cruzó la calle adoquinada y entró. Había una agradable penumbra acompañada de una canción del Gran Combo que la invitó a sentarse en la barra y pedir una cerveza. El cantinero vertió la bebida dorada dentro de un vaso alto de cristal. Entretanto, ella observaba las paredes repletas de nombres de personas que habían estado allí. Y mientras la efervescencia de la cerveza parecía rasparle la garganta, Mónica pensó nostálgica: "Por ahí debe estar el mío". Recordó el día en que se trepó en una silla para buscar un espacio en blanco y poner su nombre. En aquella ocasión celebraba que había presentado con éxito un trabajo investigativo para el que se había casi "sembrado" durante el último semestre de su maestría en una butaca de la biblioteca de la universidad.

A pesar de estar ensimismada con el recuerdo de aquella noche y la lectura del centenar de nombres, ella notó con el rabo del ojo que al otro lado de la barra alguien la miraba de manera insistente. Cambió la vista hacia aquellos ojos que no cesaban su escrutinio. Eran de un hombre de estatura mediana, cabello ondulado negro y piel tostada. Vestía una camisa blanca de mangas largas enrolladas hasta los codos, pantalón de mezclilla y botas de trabajo salpicadas de barro rojizo. La saludó alzando su bebida, gesto que ella ignoró. Pagó la cerveza y le dio las gracias al muchacho que la había atendido. Cuando se bajó del taburete escuchó su nombre. Al voltearse, el hombre de la mirada tenaz estaba a dos pies de distancia frente a ella.

–¿Nos conocemos? –preguntó Mónica al muchacho.

–Soy Rodrigo Mignucci –contestó el hombre sonriendo.

–La verdad es que no sé quién eres –le dijo parca, acomodándose la cartera en el hombro para irse.

–Sí, me conoces –insistió–, éramos vecinos. Vivíamos en la misma calle. Soy el hijo de Carmín y Rafael Mignucci.

Mónica volvió a mirarlo y reconoció los hoyitos en las mejillas del chico con quien solía correr patines por las calles de la urbanización y formar montañas de hojas en el parque para luego tirarse encima de ellas. Abrió los ojos y se llevó las manos a la boca, avergonzada por haber sido tan ruda. En ese momento quiso desaparecerse con un simple chasquido de dedos.

Rodrigo, entre carcajadas, continuó diciéndole:

–Sabía que no ibas a saber quién era. Han pasado muchos años y he cambiado físicamente.

–Pero ¿cómo me reconociste tú a mí? –preguntó sorprendida. Se quitó la cartera del hombro y la colocó encima de la barra.

–Es que no has cambiado, Mónica. Estás igualita –le dijo sonriendo y mirándola de arriba hacia abajo.

–Ojalá fuera cierto –contestó sonrojada.

–Te lo digo en serio. Oye, no te vayas, te invito a una cerveza –dijo acercándole un taburete y haciéndole señas al cantinero–. Cuéntame, ¿qué es de tu vida? –prosiguió Rodrigo entusiasmado.

Mónica, aún pasmada, le contó:

–Pues hace casi dos años que vivo en Nueva York. Estoy por acá solo unos días. Regreso el domingo en la tarde. Por cierto –le dijo bajando un poco el tono de voz y acercándose a él– no lo comentes, ni siquiera mis padres saben que estoy en Puerto Rico.

–¿Y ese misterio?

–Ningún misterio. Estoy resolviendo unos asuntos –contestó risueña sin dar muchos detalles.

–Tranquila. Soy una tumba.

–Una tumba –dijo con los ojos bien abiertos, soltando una carcajada al acordarse de la visita al cementerio que tenía que hacer al día siguiente.

Rodrigo se mostró elocuente y simpático. Le contó que era arquitecto, que tenía una firma de consultoría especializada en la restauración de estructuras antiguas y que estaba trabajando con varios proyectos en el Viejo San Juan. Ese detalle le pareció curioso a Mónica, por lo que se aseguró de intercambiar los números de teléfono y los correos electrónicos en la eventualidad de necesitar su ayuda en un futuro no muy lejano.

Al salir del bar e ir hasta el lugar donde el chofer del taxi le había indicado que la recogería, el desnivel de las calles adoquinadas hacía que se mantuviera mirando el suelo para evitar torcerse un tobillo. En su mente se libraba una batalla de remordimiento: visitar la isla sin decirle nada a sus padres. "Debo darles la sorpresa", pensó.

Capítulo 5

Camposanto

El ruido de la faena mañanera en la cocina de la hospedería la despertó temprano y el olor a café recién colado terminó de interrumpir su descanso. Comoquiera debía apresurarse; contaba con poco tiempo para descubrir más sobre el enigma que la hizo regresar a Puerto Rico luego de dos años.

Tenía planificado visitar el cementerio Santa María Magdalena de Pazzis, del Viejo San Juan, para tratar de descifrar el mensaje del epitafio inscrito en la tumba de Kurt Fisher, como indicaba la carta que recibió. También, quería volver a pisar los adoquines, mirar las casas coloridas, pasar por las tiendas, recorrer las calles estrechas, subir algunas de las cuestas que la dejarían jadeando, pero feliz por estar allí.

Aunque el día se perfilaba con un clima agradable, una brisa fresca anticipaba que venía mucha lluvia. Acostumbrada a los cambios atmosféricos del norte, se llevó una sombrilla y optó por calzar zapatillas deportivas en vez de sandalias. Como ya había estado por la calle Norzagaray, cambió la ruta y le pidió al conductor del taxi que la dejara en el Paseo de La Princesa. A lo lejos, después de la hilera de árboles a cada lado del camino, la fuente Raíces lucía inmensa. Siguió bordeando las murallas altas y macizas, junto a las calmadas olas de la bahía. Antes de entrar por la Puerta de San Juan admiró el centenario árbol de jagüey donde tantas veces buscó cobijo junto a la tía Rosaura para tomar un respiro y continuar sus paseos habituales. Pasó por el lado de la Casa Rosa y en la esquina de la Escuela de Artes Plásticas y Diseño se encontró de frente el inmenso Castillo de San Felipe del Morro. Desde esa esquina ya se podía observar la cúpula color terracota de la capilla circular de la "ciudad de los muertos".

Se mantuvo admirando el verdor del amplio terreno, a los niños volando chiringas y escuchando la campana trepidante del vendedor de piraguas. Al atravesar la profunda Puerta de San José sus ojos se impregnaron del lúgubre mármol de las tumbas, muy diferente al cementerio de París, donde los árboles y los arbustos se confunden con los sepulcros. En la entrada del camposanto un hombre cargando una pala, ataviado con un sombrero de paja, botas de gomas, camisa de mangas largas y con la cara curtida por el sol, le dio la bienvenida. También le adelantó que estuviera atenta porque iba a llover fuerte. El rugido de las olas del mar, tan próximo al lugar, revoltosas por la ventolera, confirmó el aviso del hombre.

Sorprendida por la amabilidad del sepulturero, le agradeció el saludo, así como la advertencia de lluvia, y continuó el recorrido por la parte más antigua. Cuando se detuvo a contemplar la colosal tumba del actor José Ferrer, el sonido de un trueno lejano hizo que subiera la vista para presenciar cómo un cúmulo de nubes grises tapizaba la atmósfera. Otro estruendo, esta vez más cerca, y una ventolera que le revolcó el cabello y le dificultaba la vista, hicieron que caminara hacia la parte más contemporánea del cementerio. Allí había una estructura ubicada al ras del mar donde podía esperar a que pasara la lluvia.

Aquel estallido ensordecedor fue la antesala de un intenso aguacero.

—Le dije que iba a llover y duro —pronunció agitado el trabajador que entró corriendo para no empaparse. Se quitó el sombrero y lo colocó en una esquina junto a la pala.

—Sí, vine preparada con una sombrilla para no mojarme, pero con truenos todo cambia —contestó preocupada, porque era obvio que el diluvio iba a ser prolongado y allí las olas se estrellaban violentas contra la muralla del cementerio.

Miró al camposanto y ya se podía ver cómo se formaban charcos de lluvia y lodo en algunas áreas de los caminos hechos de cemento y grama. Para no desesperarse aprovechó para revisar sus correos electrónicos y entretenerse con los estatus de sus amigos de Facebook, pero no había buena señal así que guardó el móvil. Decidió rebuscar en su cartera, donde encontró varios recibos de compras que unió hasta hacerlos una bolita para luego botarlos. Se miró las uñas –que estaban bien descuidadas– y pensó que debía arreglárselas para la apertura de la exhibición de arte que se celebraría en pocas semanas. "¿Con qué tiempo? Si en mis días libres mira dónde estoy", pensó contrariada.

Con el espejo de un polvo compacto se fijó que tenía la piel de la cara brotada por la humedad típica de la isla. Guardó el estuche y verificó la hora; habían transcurrido veinte minutos desde que empezó a llover y no se vislumbraba que cesara pronto.

Antes de que el aluvión concluyera, Mónica le preguntó al hombre:

–¿Sabe dónde está la tumba de Kurt Fisher?

–¿Kurt Fisher? Esa creo que está cerca de las murallas. Por allá, al final. Allí se mete el mar a cada rato –dijo señalando con el dedo índice.

Cuando la lluvia mermó, el sepulturero le ofreció llevarla a donde él pensaba que podría estar el sepulcro del alemán. Buscaron entre varias hileras con panteones fastuosos de mármol y granito, y otras tumbas hechas de piedras menos costosas. Cerca del muro, a Mónica le pareció haber visto el nombre de Kurt en una sencilla tableta de mármol.

—¡Creo que es aquella pegada a la muralla! —avisó eufórica y caminaron de prisa hacia el lugar.

Su rostro se desencajó cuando vio que solo quedaba un trozo pequeño de la piedra donde estaba inscrito el epitafio. De seguro la furia del mar lo había destruido.

—¿Se fija? Cuando el mar se pone bravo arrasa con todo —aseveró el hombre antes de darse la vuelta y regresar a buscar la pala para continuar su faena.

Mónica salió del cementerio apesadumbrada luego de presenciar la tumba y descubrir lo que quedaba del epitafio del alemán. Fue cuando subió hasta la Plaza del Quinto Centenario, frente a la Liga de Arte, que la mezcla de barro de todo el Caribe que compone el Tótem Telúrico le sacó una sonrisa.

A su derecha un guía turístico hablaba a través de un pequeño micrófono a un grupo que parecía estar muy interesado en lo que él les decía. Mónica se acercó con disimulo para oír. El hombre, de voz profunda y con perfecta dicción del inglés, les explicaba algunos detalles sobre la iglesia de San José:

—Estos terrenos fueron donados por Juan Ponce de León durante el siglo XVI y su cuerpo fue el primero en ser sepultado allí —explicó a los extranjeros apuntando su dedo índice hacia la edificación—. Fue la primera iglesia construida en San Juan y en el 2000 fue clausurada debido a su deterioro. Esta estructura fue declarada patrimonio mundial en el 2004.

Mónica miró hacia la iglesia y se preguntó si su tía alguna vez asistió a una misa celebrada allí, tal vez acompañada de Kurt. También pensó en los sucesos históricos que acontecieron alrededor de ese lugar. Entonces, las caras de sus amigos, familiares y simples individuos con quienes se topaba cuando vivía en la isla, se empezaron a proyectar en su mente al igual que las vivencias de cuando era niña y adolescente. Los paseos con la tía Rosaura, las fiestas familiares en la marquesina de su casa, los juegos a esconder en el parque de su urbanización, las salidas con sus amigas y las tertulias frente a las escaleras de la universidad con sus compañeros de clase. Otra vez, la aflicción de haberse ido se colaba dentro de ella como una sanguijuela.

Capítulo 6

La caja azul cobalto

El tatuaje nuevo en su brazo izquierdo y los mechones color violeta del cabello no causaron gran impresión en sus padres. Lo que los dejó asombrados fue el hecho de que había ido por muy poco tiempo y sin avisar.

−¡Amelia, mira quién está aquí! −gritó Ramón, su papá, vestido con la ropa usual de los fines de semana: camisa blanca marca *Hanes*, pantalón de elástico y zapatos *Crocs*. Aunque su cabellera estaba un poco más salpicada de canas, él se veía tan ágil y de buen humor como siempre.

Amelia, la mamá de Mónica, quien llevaba una de las batas de flores de su colección y estaba sudada por el calor de las ollas, salió de la cocina apresurada pero cuidadosa de no resbalar con las chancletas de goma que calzaba.

—Nena, pero ¡qué tú haces aquí! —dijo sorprendida—. ¿Y quién te buscó al aeropuerto? —continuó preocupada.

Como siempre, su madre se las agenció con un extenso interrogatorio, más incisivo que el de un agente del Negociado de Investigaciones Especiales, pero Mónica se aseguró de que sus padres no descubrieran la verdadera razón de su visita. Tuvo que inventar una excusa. Les dijo que la habían enviado a investigar sobre unas obras inéditas de artistas puertorriqueños. Y lo hizo sin pensar en la posibilidad de que esa pudiera ser la verdadera razón de su incógnita llegada a Puerto Rico.

La casa lucía igual que el día que Mónica se fue. Estaba nítidamente pintada de color crema con el alero verde, el patio de enfrente con las mismas piedras lisas de río que enmarcaban el camino hacia el balcón y las trinitarias llenas de flores color rosa fogoso como si ardieran por el calor de la Cuaresma. En el interior era de esperarse que la recibiera el olor a biftec con cebollas y habichuelas rojas guisadas; ese era el menú fijo de los sábados. El televisor, a todo volumen sintonizado en el canal cuatro, no podía faltar.

Luego del atracón criollo, se quedaron conversando en la mesa, saboreando un flan de queso que había sobrado de una reunión de amigas que tuvo su madre. El papá le pidió que se quedara con ellos esa noche, invitación que ella declinó pues quería aprovechar la mañana antes de partir a Nueva York para tratar de encontrar a Olga, una amiga de su tía, que podría ser una pieza importante para descifrar el enigma.

Durante la sobremesa notó que Ramón hablaba entusiasmado. Sin embargo, Amelia, con su nariz alargada y mirada penetrante, se mantuvo comedida.

–Quiero ir a mi cuarto. Lo extraño –dijo nostálgica.

–Claro, hija, esta es tu casa –contestó Amelia.

Encendió la luz de las cuatro paredes que fueron su refugio por tantos años. El piso de terrazo lo notó más oscuro y con mayor cantidad de puntitos que antes. Las cortinas blancas de encaje y el edredón de flores campestres los vio muy aniñados. El librero aún guardaba su colección de clásicos literarios y los marcos de retratos que tuvo que dejar porque no le cabían en las maletas. En el armario había varios ganchos de ropa sin usar, arrinconados a un lado; al otro extremo, algunas piezas de ropa pasadas de moda, pero que le daba pena deshacerse de ellas. En la tablilla de arriba estaban dos frisas dobladas y junto a ellas sobresalía un objeto brilloso color azul cobalto. Brincó varias veces tratando de alcanzarlo hasta que pudo moverlo un poco más cerca de ella. Se trataba de una caja redonda de galletas danesas, las favoritas de Rosaura. Era costumbre de la tía regalarlas cuando visitaba a algún enfermo en el hospital. Se las entregaba, diciendo: "Estas galletitas son una maravilla. Si ves que la enfermera está antipática ofrécele las torcidas con granos de azúcar encima y verás que te va a tratar mejor".

Pero dentro de aquella caja azul ya no había galletas mantequillosas.

–Tienes permiso para abrirla cuando quieras, adentro hay algo mejor que galletitas –le dijo Rosaura cuando se la entregó días antes del extraño suceso de su desaparición.

Aquella tarde que Mónica recibió la caja de galletas, Rosaura llegó a la casa de los Fernández con una sonrisa cortada. Con voz cansada le pidió a Mónica que la acompañara al banco de madera del jardín trasero. Tenía los ojos hinchados y vidriosos. Su mirada se perdía entre los arbustos de cruz de marta y las amapolas del patio. Amelia las fisgoneaba desde la ventana con los brazos cruzados y los labios apretados. Y subió las cejas y apretó los brazos cuando su cuñada le acercó la caja de galletas a Mónica y luego la abrazó.

Amelia trabajó como secretaria de una compañía de seguros. Decidió ser ama de casa cuando Mónica nació. Tan pronto Mónica empezó a asistir a la escuela, deseaba volver a trabajar. Sin embargo, Ramón se lo impidió. Él se había acostumbrado a llegar a la casa en las tardes y que la comida estuviera servida y la casa ordenada. En cambio, Amelia ya no quería pasar el día con el mapo, la escoba y le aburrían las novelas al mediodía.

También, resentía la libertad de su cuñada Rosaura, sus salidas con las amigas y los viajes, pero más que nada, la cercanía que tenía con Mónica. Detestaba cuando la buscaba para llevarla de paseo. O cuando las veía desde la cocina conversando por largas horas en el banquito de madera del patio.

–Es que le debe estar metiendo cosas en la cabeza a esa niña –le decía a Ramón apretando los labios–. Míralas cómo se ríen, no la soporto– despotricaba.

–¡Ay, Amelia! Si la pobre Rosaura nunca tuvo hijos. Déjala que se disfrute a Mónica –contestaba el hombre ante la letanía habitual de su esposa en contra de su hermana mayor.

Mónica nunca abrió aquella caja de galletas. No le dio curiosidad por saber lo que había dentro. Prefirió olvidarla, quizás porque era muy joven e inmadura o tal vez porque prefería alejar la rabia de sentirse impotente ante lo sucedido. Sin embargo, en ese instante, con la misma persistencia del pico de un pájaro carpintero sobre la corteza de un árbol, se preguntaba si había llegado el momento de descubrir lo que había allí dentro.

Capítulo 7

Colas gatunas

"Caleta de las Monjas... Aquí tiene que estar la casa", se dijo y empezó a contar en la mente los escalones, a la vez que los subía: "Uno, dos, tres...". Eran doce.

Luego de subirlos buscó la casa como un perro sabueso y la encontró. Fueron los recuerdos los que la dirigieron hasta aquella calle estrecha con plantas sembradas en tiestos de barro, algunos llenos de musgo por la humedad. Las paredes pintadas de amarillo exhibían grietas por doquier. Recordó que cuando acompañaba a su tía a visitar a Olga, mientras las mujeres hablaban, ella espantaba gatos, cazaba lagartijos o acechaba a alguna que otra hormiga hasta que se desapareciera por algún agujero.

Tocó la puerta de madera de la que estaba convencida era el hogar de la señora. Nadie respondió. Dos gatos, uno pardo y otro con manchas blancas y negras, caminaron con pereza frente a ella. El silencio dominaba la calle angosta. Volvió a tocar, esta vez un poco más fuerte, y añadió un "hola, buenos días". Los felinos somnolientos volvieron a pasearse indiferentes. Uno de ellos rozó las piernas de Mónica con el torso y enredó su alargado rabo en una de sus pantorrillas. Luego la miró, cerró sus ojos cetrinos, como si el resplandor del sol le molestara, y se sentó cerca de sus pies. El otro minino se lamía las patas con parsimonia.

–¡Vladimir y Lolita, entren! –clamó una voz austera desde el interior de la casa.

Una carcajada espontánea se le escapó a Mónica cuando escuchó los nombres de los gatos. Se tapó la boca enseguida esperando no haber sido escuchada. Segundos después, el chirrido que hace una puerta al abrirse la petrificó. Una mujer tosca con el cabello oscuro asomó la mitad de su cuerpo. Vladimir y Lolita levantaron cada uno su lomo y caminaron hacia ella.

–Hola. Estoy buscando a una señora que se llama Olga, ¿la conoce?

–Jamás he oído ese nombre –contestó huraña y cerró la puerta.

Todo sucedió tan rápido que no le dio tiempo a ripostar. Se quedó estática por unos instantes y volvió a tocar. Nadie atendió al llamado. Dio un golpe al suelo con la punta de la sombrilla e intentó otra vez. Solo escuchó el maullido de los gatos. "Al menos Lolita y Vladimir me oyeron", murmuró y empezó a bajar las escalinatas apretando los labios y con el ceño fruncido.

Ya en el último peldaño sintió el rabo de un animal acariciar su tobillo. Era uno de los gatos perezosos. Miró hacia el callejón y una mujer le hizo señas para que subiera. El animal la acompañó hasta que ascendió de nuevo los doce escalones.

De cuerpo menudo y vestida con una bata de satén rojo que resaltaba la palidez de su piel, la señora que la invitó a subir le ordenó al felino de manchas blancas y negras que entrara: "Vladimir, adentro". Entretanto, observaba a Mónica minuciosamente.

–Tu cara me es familiar. ¿Qué te trae por aquí? –preguntó de manera cortés, pero suspicaz.

–Soy Mónica Fernández. ¿Usted es Olga?

–¿Por qué quieres hablar conmigo? –aseveró con seriedad.

La curadora de arte sonrió aliviada porque al fin la había encontrado. Sabía que si se cruzaba con ella en la calle nunca la hubiese reconocido porque ya su piel no estaba tersa ni el cabello tan negro.

–Me gustaría hacerle unas preguntas sobre mi tía Rosaura Fernández y sobre...

–Kurt Fisher –interrumpió la mujer de ojos oscuros que parecían botones diminutos detrás de unos anteojos color carey, labios finos arrugados y nariz chata.

–Sí, el alemán que vivía en la calle del Sol.

Luego de titubear por unos segundos, la anciana le pidió que entrara a la casa. La siguió por un pasillo corto y oscuro hasta llegar frente a unas puertas que daban a un patio interior. Cuando la mujer las abrió, decenas de recuerdos comenzaron a pasearse libres por la mente de Mónica como si hubiesen estado encerrados por mucho tiempo. Ella estaba segura de que había estado muchas veces en ese lugar. Respiró profundo y puso su mano en el pecho.

Había una decena de especies de plantas que descendían desde el punto más alto del techo como una cascada. El espacio era reducido, pero el suelo de ladrillos con musgo y un agradable olor a tierra húmeda, además del aroma dulce de la flor amarilla del *ylang ylang*, lo hacían placentero.

–Este es el lugar favorito de mi casa. Las plantas me dan mucha paz. Marta me ayuda a cuidarlas –dijo orgullosa, señalándole un sillón para que se sentara–. Ella es quien se encarga de que esta casa esté como una tacita de cerámica. Ah, y vela por Valdimir y Lolita.

–Le agradezco que me haya recibido –alcanzó a decir aún sobrecogida por la sorpresa de haber sentido cómo el pasado se desempolvaba ante sus ojos.

–Te pido disculpas por Marta. Estaba molesta porque Lolita y Vladimir se escaparon y ha estado toda la mañana buscándolos. Esos dos son unos andariegos.

–No se apure por eso. Lo único que quiero es que me hable sobre mi tía Rosaura.

—Tantos años –dijo tras un suspiro que denotaba tristeza–. La conocí muy bien. Nos criamos cerca de los talleres donde arreglaban el ferrocarril. Nuestra casita era toda de madera con techos de zinc, pero teníamos un patio grande. A mi hermana y a mí nos gustaba trabajar y siempre andábamos juntas. Como caminábamos tan rápido, en el barrio nos llamaban Las Sinofusas, como las notas musicales –contó risueña y prosiguió–. Ayudábamos a nuestra madre a entregar la ropa que ella lavaba y planchaba a unas familias de Miramar, y mi papá vendía gallinas que criaba en el patio. Él quería reunir dinero para que nuestra casa tuviera un piso mejor, porque el que teníamos era parte de madera y también de barro. La familia de tu tía vivía un poco más hacia el arenal. La casa de ellos era más grande y casi toda de cemento. Tu abuela era ama de casa y tu abuelo un vendedor ambulante.

—Sí, me han contado que era tremendo comerciante –añadió Mónica fascinada con las remembranzas.

Olga, meciéndose en un sillón de *rattan*, parecía entusiasmada recordando el pasado.

—Rosaura siempre sonreía cuando nos veía. Un día que llevábamos ropa para entregar nos preguntó para dónde íbamos. Le dijimos y quiso acompañarnos. La dejábamos atrás porque nosotras éramos rapiditas. Pero se acostumbró y en poco tiempo seguía nuestro ritmo.

—Pero, ¿a qué edad fue eso? ¿Iban a la escuela?

— Mi hermana y yo teníamos que ayudar a nuestros padres –contestó bajando la mirada.

–Perdóneme, Olga, pero usted parece una persona bien educada –comentó sorprendida por la fluidez del lenguaje de la mujer.

–Eso se lo debo a ella. Rosaura era bien despierta. Le encantaba leer y lo cuestionaba todo. Una vecina que trabajaba en la casa de un profesor de la Universidad de Puerto Rico traía libros para repartirlos en el barrio. Rosaura siempre era la primera en escoger. A mi hermana y a mí también nos empezó a interesar la lectura, más a mí que a ella, pero en nuestra casa pensaban que lo que hacíamos era de vagos, que deberíamos estar trabajando. Nos la ingeniábamos y leíamos a escondidas.

–Mi tía también me enseñó mucho sobre literatura. ¡Cuénteme más! –pidió entusiasmada.

–Un día supimos que iban a abrir una librería en el Viejo San Juan. Entonces nos fuimos las tres para la isleta. Nos presentamos en la supuesta librería y no había nada. Una señora que nos vio nos dijo que creía que la abrían a fin de mes. Pasamos las semanas esperando el día hasta que regresamos. Nos asomamos por la vitrina y nos quedamos pasmadas al ver tantos libros juntos. En eso un hombre alto se asomó por la puerta y con un acento extraño nos invitó a entrar. "Esto es como un paraíso", recuerdo que dijo Rosaura. Después de ese día visitábamos la librería cada vez que podíamos. Como no teníamos dinero para comprar, el librero nos dejaba leerlos allí mismo. Nos sentábamos en el piso y los devorábamos –concluyó Olga riendo.

–¿Y ese hombre era Kurt Fisher?

–Sí, pero él no era el dueño. El dueño era un amigo suyo puertorriqueño. Él se pasaba allí porque le encantaba leer. También amaba la música y las artes.

Olga, con el vaivén de la mecedora, le contó a Mónica que Kurt había llegado a Puerto Rico en el 1950 para establecer el negocio de distribución de telas de su familia. También le dijo que el hombre dominaba el español y el inglés. Con tan solo una vez que visitó el Viejo San Juan se enamoró de la arquitectura y compró una casona donde vivió hasta que murió.

–Entonces mi hermana y yo nos ofrecimos para ayudarlo en las tareas domésticas.

–¿Y mi tía Rosaura?

–Rosaura... bueno...

El semblante de Olga cambió ante aquella pregunta. Y eso fue suficiente para que Mónica percibiera que había mucho más que descubrir sobre la vida de la hermana mayor de su papá.

Para la gracia de Olga, pues su rostro la delató, la conversación fue interrumpida abruptamente por Marta. "Estos dos animales me van a llevar a la tumba. Se escaparon otra vez, Olga. Y por poco caigo al piso reventada. Se enredaron entre mis piernas", vociferó.

Las quejas de Marta sirvieron para poner fin a la visita. Sin pronunciar una palabra, se pusieron de pie. Con las miradas se dijeron adiós, pero un impulso las hizo abrazarse. La curadora de arte sintió la tela suave de la bata roja de la anciana cuando la rodeó con sus brazos. El abrazo rompió el mutis y acordaron comunicarse para retomar la plática.

–Olga, tan pronto termine con un compromiso de trabajo bien importante que tengo en Nueva York, puedo volver a Puerto Rico –explicó Mónica. Después bajó la mirada hacia los gatos–: Y ustedes, Vladimir y Lolita –dijo señalándolos con el dedo índice a modo de regaño–, no se vuelvan a escapar. Háganle caso a Marta. ¿Entendido?

Los mininos se mantuvieron atentos, más bien a la espera de las caricias de despedida de Mónica, a juzgar por el fuerte runruneo de cada uno.

Olga la miraba risueña. Entre carcajadas dulces se despidió con la mano y le hizo saber que podía volver cuando quisiera.

–¡Ya sabes dónde encontrarme! –dijo con voz maternal y cerró la puerta.

Luego de bajar la escalera, la muchacha recordó que había olvidado preguntarle a Olga si sabía algo sobre el epitafio de Kurt. Volvió a subir los doce escalones, esta vez de dos en dos. Al acercarse a la puerta de la casa escuchó el sin igual sonido del teclado de una maquinilla antigua. Las manos le comenzaron a temblar. Con el ceño fruncido sacó de su bolso la misteriosa carta y absorta se preguntó si la vieja amiga de Rosaura era la autora de aquella breve nota.

Capítulo 8

Kandinsky, la tía Rosaura y otra carta

Las ruidosas sirenas y los bocinazos de los taxis le dieron la bienvenida a Mónica a la ciudad de Nueva York. Camino a su apartamento en Brooklyn repasó su corta estadía en Puerto Rico. Pensó en la casualidad de haberse encontrado con un amigo de la infancia, en la visita al cementerio con la pésima suerte de que el epitafio de Kurt estaba incompleto, en la amena conversación con Olga y en la caja de galletas color azul que había olvidado y donde pudieran estar las respuestas al sinnúmero de interrogantes que tenía como la extraña desaparición de su tía Rosaura.

Cuando entró al apartamento, Carol la recibió con los labios apretados y la mirada profunda. Escondía algo en la espalda. Antes de que Mónica preguntara qué le sucedía, Carol extendió la mano y le enseñó lo que ocultaba.

–No me digas. Otra carta –replicó Mónica molesta e incrédula.

–Sí, la encontré esta mañana cerca de la puerta, igual que la primera vez.

Mónica la abrió y leyó para sí el mensaje:

Regresa a la casona 311 de la calle del Sol.

Carol se mantenía con los brazos cruzados y dando golpes suaves, pero continuos, con uno de sus pies.

–Esto no puede ser. Acabo de regresar de Puerto Rico. Tengo tantos compromisos. ¡No puedo volver! ¡No puedo volver! –increpó casi sin tomar un segundo para respirar.

–Tranquila, Mónica. ¿Qué dice el papel?

–Que regrese a la casona. Imagínate –contestó desesperada–. Chica, yo tengo que terminar este trabajo –continuó quejosa–. No puedo seguir faltando. Estas semanas van a ser bien importantes. De esta exhibición depende mi futuro en Nueva York y en el museo. ¡Esto es una mierda! –exclamó con los ojos llenos de lágrimas.

–Y tus papás, ¿por qué no les pides que te ayuden? Quizás ellos pueden ir a la casona por ti, qué se yo... o alguna otra persona de confianza.

Mónica se volteó por unos segundos tapándose el rostro con las manos. Cuando se dio la vuelta lo tenía enrojecido, como si hubiese pasado un día en la playa.

–Algo me dice que no, que debo hacerlo yo. Presiento que hay algo importante que solo yo puedo descubrir. Además, Carol –dijo susurrando–, creo que alguien me está espiando.

–¡Pero eso es ridículo! –contestó Carol a la vez que dio un manotazo contra sus muslos–. ¿Y quién podría ser?

–Tengo una sospecha –contestó secándose las lágrimas.

–¿Quién?

–Prefiero reservármelo.

–Ay, mira, Mónica. Yo puedo ayudarte, pero si no confías en mí, pues... –le dijo con su habitual movimiento exagerado de manos y se marchó hacia su cuarto.

Mónica caminaba de un lado a otro en su habitación. Mantuvo ese baile ambiguo por varios minutos hasta que tomó la decisión. Se arrodilló y buscó en la maleta aún sin deshacer. Entre la ropa había una bolsa de tela gris clara con una cinta del mismo color que formaba un lazo que servía de cierre. Lo deshizo y la abrió.

Adentro había fotografías viejas, recortes de periódicos y cartas. Eran recuerdos de la tía Rosaura que permanecieron olvidados como si hubiesen sido enterrados bajo la tierra. Antes de Mónica irse de su casa sacó lo que había en la caja azul de galletas danesas y lo puso dentro de una bolsa de tela. Como pudo, la metió en su cartera, procurando que sus padres no la descubrieran.

Una carta con manchas amarillas, que denotaba los años que estuvo guardada, resaltaba entre todos los papeles:

> *Mónica, no sé cuántos años vas a tener o cuánto tiempo habrá pasado cuando leas esta carta que te escribo hoy, 18 de febrero de 1999. De lo que sí estoy segura es...*

En ese instante escuchó que le habían enviado un mensaje de texto. Lo ignoró porque el teléfono se encontraba encima de su mesita de noche y ella estaba sentada en el suelo al otro extremo, rodeada de decenas de cartas y retratos.

> *...que para el momento en que la tengas de frente la leerás buscando respuestas. Yo no pretendo que renuncies a lo que te esté ocupando cuando veas estas líneas. Sin embargo, te confieso que vale la pena dejarlo a un lado.*

Estaba tan concentrada en lo que leía que brincó asustada cuando sonó por segunda vez el aviso del mensaje de texto. El corazón se le aceleró como si acabara de correr una milla a grandísima velocidad.

Mantén tu mesura al hablar. No divulgues demás. Piensa. Analiza. No va a ser fácil. Gratificante, sí, y en abundancia.

Te extrañaré.
Titi Rosaura

El sobresalto en el pecho se mantuvo; acababa de leer una carta colmada de mensajes entre líneas y eso la hizo sentirse aterrada. Recogió los documentos a toda prisa, los acomodó otra vez en la bolsa de tela y la escondió debajo de la cama.

Buscó el teléfono para ver el mensaje de texto. Cuando lo leyó abrió los ojos como si hubiese visto una imagen de terror.

—¡¿Qué?! —gritó histérica.

Al escuchar el grito, Carol corrió hacia el cuarto de Mónica para saber qué le pasaba.

—¿Estás bien? ¿Qué pasó? —preguntó asustada.

—Ay, carajo, que recibí un mensaje de texto de uno de los muchachos que trabaja en el almacén del museo —dijo agarrándose la cabeza con las manos—. Dice que no encuentran el contenedor donde están unas pinturas en formato pequeño de Kandinsky y para acabar de complicarme la vida el suplidor de las bombillas para iluminar los cuadros de la exhibición no tiene la cantidad completa que se le había ordenado.

–Estás frita, Mónica. Yo tú me tiro de espalda al agua más de cien veces en la Noche de San Juan –dijo bromeando apoyada del marco de la puerta.

–Ay, gracias por el consejo, boba –contestó Mónica con ironía–. Coño, esto es lo que me faltaba –añadió con los puños bien cerrados y mirando al techo–. Mañana cuando llegue al museo me voy a encontrar con un circo. Voy a necesitar un truco de magia para arreglar todo este despelote.

Lanzarote, Islas Canarias

Te cuento lo que sucedió un día de semana durante la Navidad del 1968. Yo estaba en la sala terminando de clasificar unos discos de vinilo que Kurt acababa de recibir, para escucharlos en un tocadiscos nuevo. Lo vi cuando entró por las puertas de doble hoja de su despacho tarareando el *Aleluya* de Händel. Me asomé sin que él se diera cuenta y me estuvo curioso, fíjate, porque escogió un bolígrafo con tinta en vez de un lápiz de grafito que era lo que siempre usaba. Se sentó frente a su escritorio de madera robusta. Buscó un papel y se quedó mirándolo un rato. Luego alzó la vista para observar los cientos de libros que tenía. Después volvió la atención al papel y se puso a escribir. Al poco tiempo le echó el ojo otra vez a la estantería. Entonces se quedó mirando el único cuadro que adornaba la oficina y dijo: "No olvidaré la tarde cuando aceptaste posar y yo te admiraba embobado. Tu cabello largo jugaba con el contorno de tu espalda y la luz alumbraba esa piel tan pálida que te cubría".

Cuando terminó, releyó el papel y lo firmó. Dobló la hoja varias veces y se acercó a la mesa que estaba junto a la butaca donde le gustaba leer.

Levantó una lámpara de cerámica y puso el papel dentro de la base hueca. Lo aseguró con una cinta adhesiva. Cuando se paró de la butaca para salir me hice la que caminaba hacia la cocina para que no se diera cuenta de que yo lo miraba. Él salió del cuarto silbando la misma melodía otra vez.

Me asomé nuevamente y vi a Olga, que estaba limpiando el despacho, alzar la lámpara y despegar el papel doblado. Lo abrió despacio. De momento, escuchó un ruido y lo tiró al suelo como si ardiera en llamas, pero lo recogió enseguida y lo volvió a doblar. Trató de ponerlo en el mismo lugar, pero las manos le temblaban. Miró a su alrededor como buscando otro escondite hasta que vio la sentadera color musgo de una butaca. Abrió la cremallera y lo puso adentro.

Con el delantal se secó el sudor de la frente. Arregló su cabello largo y crespo, que siempre llevaba repelado en un moño, y salió del despacho.

Yo caminé esta vez hacia la sala. Ella me miró, pero me hice la desentendida, no quería que sospechara que la había estado espiando. Siguió hacia la cocina para comenzar a preparar el almuerzo y allí estaba Kurt tomando un poco de café. Parece que Olga tenía la cara tan roja como una heliconia, porque Kurt le preguntó intrigado:

–Pero, niña, ¿qué te pasa? Mírate la cara, está roja.

–Eh, eh, nada, nada, don Kurt –mintió con la voz temblorosa.

–Cualquiera diría que viste algo que te impresionó –dijo Kurt mientras le hacía señas para que lo siguiera y ambos caminaron hasta la sala donde yo estaba–. Mira, me acaba de llegar este tocadiscos –explicó a la vez que tocaba el aparato con mucha delicadeza–. Te pido que esta vez no lo limpies, aunque le veas polvo. No quiero que se estropee como pasó con el otro. A las agujas no se les pasa el trapo y a los discos tampoco –concluyó el sermón con el acento foráneo que lo distinguía. Y le habló muy serio, haciendo hincapié en cada palabra.

Kurt siempre fue amante de la música clásica y recibía vinilos de ediciones limitadas del sello discográfico Deutsche Grammophon que le enviaban desde Alemania. Para él esos discos eran muy importantes.

—No se apure, don Kurt, que no lo vuelvo a hacer —contestó Olga cabizbaja, aún temblorosa y sonrojada.

Aquella lámpara Kurt y yo la adquirimos un día que visitamos un taller de ceramistas en Caparra. Allí iban muchos entusiastas de la cerámica que luego de mucha experimentación lograron crear piezas de altísima calidad. No recuerdo el nombre del ceramista. Ese dato debe estar dentro de un mueble de madera que hay en la casona donde guardábamos todos los detalles de cada una de las obras que comprábamos.

Conocí a Kurt a los quince años en una librería que un amigo suyo abrió en el Viejo San Juan. Él se maravillaba porque a mí me encantaban los libros y me interesaba mucho todo lo que tuviera que ver con arte, ya fuera pintura, música, escultura... todo. No volví a verlo más hasta varios años después que me topé con él saliendo del González Padín del Viejo San Juan, a donde yo había ido a solicitar trabajo. Él andaba con Las Sinofusas, Olga y Awilda.

–Olga, mira quién está allí, Rosaura –dijo Awilda, rebosante de alegría.

–¿Cómo? Tanto tiempo sin verla.

Dejaron en el piso las bolsas que cargaban y le pidieron a Kurt que esperara un momento. Nos abrazamos y hasta nos pusimos sentimentales; lloramos un poco. No nos veíamos mucho porque yo había comenzado un curso de taquigrafía y ellas llegaban tarde luego de laborar en la casa del alemán, como era conocido Kurt en la isleta.

El hombre recogió las bolsas y se acercó a nosotras.

–Rosaura, ¿qué libro estás leyendo? –me preguntó, ignorando que estaba interrumpiendo la conversación que teníamos Olga, Awilda y yo.

–*Crimen y castigo* –le dije.

–Excelente lectura –contestó impresionado.

–Así es.

–¿Y qué estás haciendo?

–Estoy cogiendo un curso de taquigrafía en el colegio Gregg. Ya casi lo termino, por eso vine a González Padín, para solicitar trabajo en las oficinas.

–¿Y si yo te ofrezco un empleo?

–Gracias, pero estoy buscando algo que tenga que ver con lo que estoy estudiando –le contesté, porque pensé que me iba a ofrecer un trabajo de tareas domésticas.

—Te voy a proponer algo. Pasa por la casa mañana antes de las cuatro para explicarte.

Asentí con la cabeza. Kurt se quitó el sombrero y me dijo adiós con una leve reverencia. Presentí que se había impresionado por mis respuestas cortantes. Además, era evidente que la niña de quince años que se quedaba embelesada frente a los estantes de madera repletos de libros había crecido.

Olga y Awilda se quedaron sin expresión en sus rostros. Parecían dos monigotes.

—Nos volveremos a ver —les dije mientras las abrazaba. Sin embargo, percibí una frialdad por parte de ellas.

De regreso a Santurce me pasé el camino tratando de adivinar lo que Kurt me quería ofrecer.

Capítulo 9

Sin tregua

Mónica llegó al 1071 de la Quinta Avenida sin muchas ganas de entrar al imponente edificio donde trabajaba. Su forma circular y moderna, que alberga tan importante colección de arte, ese día no le ilusionaba. Y pensar que antes de que le ofrecieran el empleo se paraba en la acera de al frente para tomarse un *selfie* con lo que para ella era una maravilla diseñada por el arquitecto Frank Lloyd Wright. Esta vez sabía que en cuanto pusiera un pie en él se iba a encontrar con varias caras largas y a dos o tres gruñones.

Así fue. El primero fue Octavio.

—Mónica, mamita, ¿sabes que hay unas cajas que no aparecen? —le dijo tan pronto ella entró al departamento de curaduría del museo.

–Lo sé, Octavio. Recibí los mensajes de texto ayer. Tranquilo, que voy a resolver –le contestó serena, como si tuviera todo bajo control, y siguió caminando hacia su oficina, aunque lo que en realidad anhelaba era salir corriendo de allí.

–Bella –exclamó el hombre para llamar su atención y que se volteara–, lo que sucede es que son de Kandinsky –dijo, luego sonrió a medias, guiñó un ojo y se fue.

A Mónica el cuerpo se le calentó desde los pies hasta la cabeza. Siguió su camino con la cara tan roja como un globo en forma de corazón y el estómago revuelto como si tuviera una pelea de gatos dentro. Se tumbó en la silla giratoria junto a su escritorio y cerró los ojos. Reflexionaba sobre cuán fácil pueden cambiar los planes trazados cuando sintió algo pasar frente de ella. Apresurada se acomodó en la silla con la espalda derecha y encontró a Octavio mirándola con un rostro indescifrable.

–Bonita, te tengo otra mala noticia. Los pintores retocaron toda la sala de la exhibición, pero parece que la pintura blanca que ordenaste no es la correcta; hay vetas en todas las paredes.

Fue terrible haber escuchado la mención de otro error, cometido por ella, de la voz de su jefe. Otro error que se sumó a una larga lista de tropiezos que muy bien pudieran formar parte de un libro titulado: *Todo lo que no debe suceder cuando organizas una exposición de arte*. Sus ojos se ponían cristalinos y los labios le temblaban. En ese momento prefería escabullirse de aquel lugar donde tantas veces se imaginó serena y feliz, y otra vez se preguntó: "¿Qué diablos hago en esta ciudad tan árida, lejos de mi familia y del trópico?".

Era difícil comprender qué le atraía tanto de la ciudad de Nueva York, más aún si desde que llegó los sinsabores nunca mermaron. Aunque tuvo momentos buenos, fueron más los caminos llenos de vallas en los que fue muy cuidadosa al saltar para no caer reventada.

En el transcurso de aquella mañana, Mónica intuyó que no había mucho que pudiera hacer para suavizar su caída. Aunque no le faltaron las ganas de hacerle saber a Octavio que detestaba que le dijera mamita, bonita y bella, prefirió callar.

Luego del almuerzo, momento en que ponderó todo lo que le había pasado desde que llegó de París, decidió hacerle caso a la nueva carta que había recibido.

De: Mónica Fernández [m.fernandez86@gmail.com]
Para: Rodrigo Mignucci [r.mignucci@gmail.com]
Asunto: Ayuda
Fecha: 23 de marzo de 2015

Hola, Rodrigo.

Espero que cuando recibas este mensaje te encuentres bien. Te escribo porque necesito que me ayudes. El próximo viernes voy a viajar a Puerto Rico hasta el domingo. Llego tarde en la noche.

Me gustaría saber si puedes encontrarte conmigo el sábado temprano. Como la vez que nos vimos, sería mejor que mis papás no sepan que estoy en la isla. Cuando nos veamos te explico todo. Ojalá puedas.

Mónica

De: Rodrigo Mignucci [r.mignucci@gmail.com]
Para: Mónica Fernández [m.fernandez86@gmail.com]
Re: Ayuda
Fecha: 23 de marzo de 2015

Mónica, qué sorpresa tu comunicación. Estoy a tus órdenes en lo que te pueda ayudar. El sábado voy a estar supervisando unas obras en el Viejo San Juan. Quizá nos podemos encontrar en algún lugar por allí. No voy a poder temprano en la mañana porque ya tengo unas reuniones en agenda. Puedo verte después del mediodía. Déjame saber si te parece bien esa hora.

Rodrigo

Capítulo 10

El cotilleo de Carmen Luisa

Octavio era uno de los curadores jefes del museo. Era un colombiano alto, moreno y de rostro amigable. Nunca decía la edad que tenía, pero su cabello oscuro estaba salpicado de canas. Le gustaba hablar de los paseos que hacía por el Parque Central junto a John, su compañero de muchas décadas, y Matías, un perro maltés.

–Ayer todo lo que vimos fue de mal gusto –contó una mañana mientras compartían un café–. Dios, qué mal visten en este país. Es vergonzoso.

Hablaba de la manera de vestir de los norteamericanos, muy diferente a la de los latinos. Aunque en Nueva York es donde se originan muchas tendencias, puede haber algunas excepciones.

Por Carmen Luisa, una cubana que era la secretaria del departamento, Mónica supo que Octavio había emigrado durante la preadolescencia junto a sus padres y cuatro hermanos. Ella le advirtió que nunca le preguntara sobre su pasado porque no le gustaba que supieran su procedencia. Mónica tampoco tenía planificado adentrarse en los detalles del hombre, pero una tarde la mujer se encargó de contarle. A pesar de que Mónica estaba renuente a escuchar, al final se dejó seducir por la intriga y accedió a que Carmen Luisa le hiciera la historia de su jefe.

–Mónica, chica, que esto se quede entre tú y yo –le dijo cuchicheando–. Octavio llegó a Nueva York porque vivían muy mal en su país. Se mudaron acá con unos familiares, creo que era el hermano del padre. Pero, tú sabes, eso era en el Bronx. Te podrás imaginar, con lo fino que viste Octavio y se conduce, chica, él nunca va a querer que se sepa que salió de ese barrio.

–¿Qué dices, Carmen Luisa? Estoy segura de que él se siente muy orgulloso de sus logros. ¿Cómo llegas a esa conclusión?

–Chica, pero es que no me has dejado terminar.

Mónica cruzó los brazos y siguió escuchándola. Carmen Luisa casi no tomó un respiro entre cuento y cuento para describir los sinsabores que había sufrido Octavio desde que llegó a Nueva York. Mónica mantenía los labios apretados y el ceño fruncido; la mujer no permitía que la interrumpiera.

–Bueno, creo que ya te he contado todo –dijo jadeando.

–Enhorabuena, Carmen Luisa –vociferó como si celebrara que al fin había terminado su monólogo–, debes tener la boca seca.

–Chica, claro que no.

–Pues si no tienes la boca seca, de seguro debes tener cientos de mensajes. No paraste de hablar en casi media hora.

–Eso fue porque tú querías conocer la vida del jefe.

–Mira, Carmen Luisa, tú fuiste la que... Vamos a dejarlo ahí. Es mejor que nos pongamos a trabajar.

–Sí, chica. ¡Qué pérdida de tiempo! –contestó y Mónica se quedó boquiabierta con su respuesta.

Luego de oír el cotilleo de Carmen Luisa, Mónica reflexionó sobre la vida de Octavio y la teoría de Darwin.

Lanzarote, Islas Canarias

Kurt se enamoró de mí. En un principio yo no me di cuenta. Fueron Las Sinofusas las que me advirtieron.

—Rosaura, ¿tú te has fijado cómo Kurt te mira?
—¿Cómo que como Kurt me mira?
—Pues, que yo creo que él… tú sabes.
—Olga, tengo mucho trabajo por hacer y tú estás bastante atrasada. Ponte a doblar esa ropa y empieza el almuerzo que ya mismo llega Kurt con hambre y tú aquí hablándome sandeces.
—Oye, es que a ti no se te puede decir nada…

Yo creía que era más admiración que otra cosa. Pero desde que ellas me abrieron los ojos empecé a darme cuenta de que era cierto que le atraía. A la misma vez comencé a notar cierto rechazo de mis amigas de infancia, en especial de Awilda.

Me convertí en la mano derecha de Kurt. Desde que él llegó a Puerto Rico se codeó con artistas de la pintura, escritores, abogados, profesores universitarios… era un grupo selecto. Yo siempre decía que él era más puertorriqueño que alemán. Le gustaba mucho nuestra cultura y al estar cerca de creadores tenía acceso a sus trabajos.

Yo me encargaba de clasificar las obras, muchas de ellas de artistas que ni siquiera eran conocidos. Le advertía que mejor comprara de conocidos. Luego me daba cuenta de que había hecho una buena selección porque Kurt tenía buen ojo. Era algo natural, y no tan solo en pintura o cerámica, también tenía buen ojo con la literatura. Muchas veces leía una poesía y me decía: "Este poeta tiene futuro, vamos a estudiarlo. Vamos a seguir lo que escribe". Y tú puedes creer que cada vez que decía eso, el poeta se destacaba. Era increíble. Él tenía un don especial para decidir lo que debía adquirir. También contaba con el asesoramiento de una gran amiga, Nilita Vientós.

¿Habías oído hablar de ella? Nilita fue una gran mujer que se pronunció de manera incansable por la lucha por la independencia de Puerto Rico. Ella y Kurt se hicieron muy amigos. Algo para mí curioso, porque Kurt había llegado a la isla durante la década del cincuenta, atraído por la Ley de Incentivos Industriales Económicos del programa Manos a la Obra. Pero yo pienso que esa amistad surge por el gran amor que él sentía por la isla.

Ella lo invitaba a las tertulias que hacía en su casa y eso era grande porque no todo el que quería podía ir a su casa. Nilita era bastante celosa con las personas a quienes convidaba porque allí se iba a conversar sobre temas relevantes de arte, literatura, política. Además, ella era nacionalista, así que las ideas que se discutían eran de índole separatistas, ilegales en aquellos tiempos.

Una tarde, Kurt me invitó a una de las legendarias tertulias. Yo, que no me quería perder nada, dije que sí. Cuando llegué a aquella casa me sorprendió la cantidad de libros; Nilita tenía libros hasta en el baño. Recuerdo que era un lugar luminoso con una decoración sencilla. Un estilo muy particular; todo blanco. En la parte de atrás había un patio con un árbol frondoso donde ella solía reunir a sus invitados.

Aunque Nilita no fue agraciada en cuanto a belleza física, había algo en ella que te hipnotizaba. Vestía de una manera muy particular. Era muy creativa a la hora de decidir qué se iba a poner. La noche en que la conocí tenía un collar de perlas plásticas agarrado con un imperdible. Yo me sorprendí porque las perlas eran bien grandes. Ella se dio cuenta de que yo estaba impresionada y se me quedó mirando unos segundos sin hablar. El corazón se me quería salir. ¡Que esa señora tan importante se haya dado cuenta de que el embeleco que ella llevaba en el cuello a mí me pareció horroroso! Yo temblaba.

Con su voz estridente me invitó a que tomara asiento en una silla de mimbre blanca y comenzó a hablar sobre la puertorriqueñidad. A mí se me nubló la mente. No entendía nada. Lo único que recuerdo muy bien fue una analogía que hizo con las perlas plásticas y el orgullo patrio, el ser puertorriqueño. Cuando terminó de hablar desabrochó el imperdible que aguantaba el collar y se lo quitó. Me pidió que extendiera las palmas de las manos y lo colocó encima de ellas.

Lo que Nilita me dijo después lo dejamos para mañana, Rodrigo. Quiero coger una siesta para luego sentarme tranquila a retomar el plan de lo de la casona.

Capítulo 11

Añoranza

—Te dije que podía ayudarte. Es que tú no confías en nadie –dijo Carol a Mónica con sus consabidos gestos de manos, como una bailarina de danza moderna.

Mónica se mantuvo mirándola con los brazos cruzados, sin ninguna expresión en la cara, a esperar a que terminara su acto.

—No sé por qué eres tan desconfiada –continuó con su monólogo y el baile de brazos–. Fíjate, eso a mí no me lo advirtieron cuando me hablaron de ti para mudarnos juntas. ¡Qué mal! –dijo mientras caminaba de un lado a otro–. Te voy a dar un consejo: para la próxima, déjate llevar por tus amigos. Mira...

—Pero, Carol, ¿me vas a seguir insultando? –interrumpió Mónica–. Ya estoy agotada de tanta cantaleta.

—Ay, Mónica, te lo he dicho y seguiré insistiendo: tú sabes que no confías ni en tus padres —dijo mirándose las uñas para evitar hacer contacto con los ojos de la curadora de arte.

—Pues yo tengo mis razones. Además, sí confío. Para que sepas, hay una persona que me puede ayudar, estoy segura —sentenció camino al gran ventanal de la sala.

—¿Ah, sí, y quién es esa persona?

—No. Eso no te lo puedo decir —contestó aún de espaldas a Carol, con la mirada puesta en los frondosos árboles que adornaban el frente del apartamento y los faroles que alumbraban la calle a los transeúntes. Estaba convencida de que su vecino de la infancia, Rodrigo Mignucci, podría ser clave para descubrir la verdad detrás de aquellos sobres.

—¿Ves? Sigues desconfiando —increpó Carol.

—Bueno ya. ¡¿Qué más quieres?!

—Pues que me cuentes —insistió la ilustradora.

—De verdad que no puedo. —Se viró y miró a Carol con ternura—. Pero sabes que te agradezco que hayas contactado a ese muchacho de Google —caminó hasta al sofá y se dejó caer en él.

Carol había contactado a un amigo que trabajaba para Google. Era un francés que se encargaba de tomar fotografías a lugares que formarían parte de los mapas de esa compañía. Había estado en Puerto Rico y una vez hablaron sobre las fotos que tomaba como pasatiempo, aparte de las que eran de trabajo. A ella le llamó la atención que había hecho muchas tomas en el cementerio donde estaba enterrado Kurt y que precisamente capturaba los epitafios que le parecía interesantes.

–Si yo logro ver el mensaje del epitafio, muchas cosas van a empezar a encajar – Mónica dijo esperanzada.

–Ay, ojalá, porque no puedo con tanta tensión –contestó Carol.

–Yo tampoco. Oye, ¿por qué no vamos al bar de Toñita antes de llegar a la fiesta? Te invito a una cerveza... o dos, y de una vez celebramos a tu amigo el fotógrafo de Google. ¿Qué me dices?

–¡Ay, sí, vamos a celebrar! –contestó sin vacilar.

A escasos pasos del bar se escuchaba una canción de Celia Cruz. El estribillo "Azúca" las recibió en la puerta. No querían cenar, solo tomar varias cervezas para después pasar por la fiesta. Mónica y Carol frecuentaban ese lugar ubicado en la calle Grand en Brooklyn cada vez que les mordía el gusano de la nostalgia y necesitaban una dosis de música y puro ambiente boricua y latino.

Aunque Carol se mudó muy pequeña de la isla para el estado de Maryland, le contaba a Mónica cómo sus padres se encargaron de enseñarle cada una de las celebraciones de Puerto Rico y trataban de hablar siempre en español. De la cocina de la casa de dos plantas donde se instalaron, que incluía un ático, solo se despedía el olor de la sazón criolla porque su madre, al poco tiempo de mudarse, encontró un mercado donde se apertrechaba de todo lo necesario para confeccionar el consabido sofrito de la receta de su abuela. Aunque el kétchup de vez en cuando se paseaba por la mesa, en aquella casa no había Navidad sin coquito, pasteles y morcillas. Algún pariente que los visitaba en diciembre tenía la encomienda de llevarlos en la maleta, bien envueltos, en papel de aluminio y en bolsas de La Gloria o de Capri.

Por su parte, cansada de la burocracia del Gobierno, Mónica se había mudado de la isla para buscar nuevas oportunidades. Era una mujer citadina, y Nueva York, su destino favorito. Sin embargo, desde que se mudó a la Gran Manzana se dio cuenta de que no es lo mismo vacacionar en tu ciudad preferida, que vivir en ella. A diario recibía la cachetada de la indiferencia –muy normal en una urbe tan poblada como Nueva York– y le hacía mucha falta escuchar el "buenos días" del billetero; el "cuídate mucho" de la cajera de la farmacia, y el "buenas noches" del oficial de seguridad que la despedía cada vez que terminaba tarde sus labores en el edificio donde trabajaba.

Ir al bar de Toñita era un bálsamo para ellas. A Mónica la ayudaba a olvidar un poco esa nostalgia que se había transformado en una herida que se empeñaba en no sanar y que ahora se había agravado aún más con el misterio de la tía Rosaura.

Dentro de este bar las clases sociales no existían. Los que llegaban iban en busca del calor de la patria y en aquella pequeña estructura lo encontraban. El español era el idioma que dominaba, y la salsa, el merengue, la bachata, el reguetón u otro ritmo caribeño, eran los que retumbaban en las bocinas. Una mesa de billar, colocada en el medio del salón, era una de las atracciones principales, así como varias de dominó que nunca se vaciaban. El grito de victoria, "capicú", seguido por el meneo de las fichas, recordaba a las fiestas familiares en las marquesinas de las casas. El techo estaba adornado todo el año con guirnaldas de Navidad y luces de colores. También había corazones y cupidos de San Valentín, vasijas con flores artificiales en las mesas, trofeos colocados en estantes y fotografías variadas en las paredes. No podía faltar la bandera de Puerto Rico, una ilustración con la silueta de la isla y los nombres de cada uno de los municipios, y una foto aérea de El Morro.

En uno de los extremos de la barra era habitual ver a Toñita con su cabello rubio y suavemente ondulado. Con una sonrisa a medias, la mujer se mantenía atenta a cada una de las esquinas del local.

María Antonia, su nombre de pila, siempre estaba bien maquillada. Aquel día llevaba los párpados sombreados de verde, las cejas bien delineadas, rubor en las mejillas –que la hacía lucir más saludable– y los labios pintados color naranja. Vestía un pantalón negro ajustado junto a una blusa blanca bien brillosa y con volantes en la parte del frente y al final de las mangas, como de carnaval brasileño. Pero su mayor distinción eran las sortijas. En todos los dedos, menos el pulgar, Toñita usaba un gran sortijón. De seguro tenía una colección grande. Algunos de sus aros tenían piedras brillosas de colores, otros eran en forma de animales como un pavo real o un múcaro. Los fastuosos anillos –que eran de bisutería– contrastaban con la piel arrugada y venosa de la mujer que llevaba más de cuarenta años a cargo de aquel lugar tan cálido como la sala de una casa en cualquiera de los cuatro puntos cardinales de la isla.

Caminaron hasta la barra. Cada una pidió una cerveza y Toñita las recibió con un movimiento de cabeza, aprobando su presencia allí. Ambas amigas reciprocaron la bienvenida a la mujer que se esmeraba con todo el que llegaba a su negocio. Ella se encargaba de servir las bebidas y de cobrarlas. Con gestos amables y suaves pedía a los empleados ayuda cuando la necesitaba. Su mirada era suficiente para ellos saber qué hacer. Eso sí, luego de las cuatro o cinco de la mañana, si aún quedaba alguien dentro o en los alrededores, ella olvidaba su benevolencia y lo echaba sin importar quién fuera.

—Aquí huele a la casa de mi abuela —dijo Carol en cuanto entró.

—A mí me huele a la comida de una amiga de mi tía que hacía las almojábanas más ricas del mundo —añadió Mónica.

—¿Sabes que Toñita cocina todo el tiempo y la comida es gratis? Los domingos las filas son larguísimas —comentó Carol.

—Me han dicho eso. La verdad es que esta señora es especial.

—Durante una Navidad, Jorge, mi amigo violinista, me invitó a venir un rato. La música estaba tan buena, imagínate en Navidad, que nos quedamos hasta bien tarde. Tomamos coquito, cerveza y palos, o sea, una mezcla terrible. Ya era de madrugada cuando Toñita anunció que había hecho un asopao. Mira, Mónica, eso fue como el caldo de gallina que le hacía la mamá de Tito Trinidad antes de sus peleas. Sin aquella sopa, que estaba medio fría, pero olvídate, revivimos y pudimos llegar a nuestros apartamentos. ¿Tú has probado ese asopao?

–Todavía no. Soy maniática para eso. El único que me gusta es el de mami.

–Hablando de asopao, me dan unas ganas de irme a Puerto Rico a comer y nada más –dijo Carol dándose sobos en la barriga.

–¿Y por qué no vienes conmigo? Me voy para Puerto Rico el viernes por la noche; el sábado en la tarde tengo que reunirme con alguien.

–Ah, ¿con el que tú dices que te puede ayudar? –dijo Carol acercándose a Mónica.

–Sí, pero no empieces a tratar de sacarme información porque no te voy a decir nada más –contestó, empujándola lejos de ella.

Carol le hizo una mueca con los labios imitando lo que dijo. Miró para el lado opuesto y se fijó en un muchacho que jugaba dominó. Le recordaba a alguien que Mónica le había enseñado en una foto. Siguió mirándolo hasta que lo reconoció. Le dio un codazo a Mónica para que dejara de mirar su teléfono móvil y atendiera. Cuando Mónica lo vio quedó espantada. De un solo trago terminó lo que le quedaba de la cerveza, se paró y agarró a Carol por el brazo para irse.

–Pero, ¿por qué te quieres ir?

–Ese es el tipo del que te hablé el otro día –le dijo a su amiga al oído.

–Ah, al que le estás echando el ojo.

–Claro que no. Cállate y vámonos –dijo susurrando.

Cuando Mónica se paró y agarró a Carol dio varios pasos ligeros y resbaló. La cartera se le fue al piso. Entre las llaves del apartamento y dos bolígrafos, también salió disparado un lápiz de labios que fue el peor portado, pues cuando tocó el suelo rodó hasta parar con una de las patas de la silla donde estaba sentado el muchacho. Mónica se acuclilló para recoger las cosas que se le habían salido del bolso, con una velocidad tal como si tuviera que avanzar para que no la dejara el tren que la llevaba todos los días al trabajo.

En el ajetreo de recoger el reguero que había hecho en el suelo y evitar que el muchacho la reconociera, el hombre agarró el labial y caminó hacia ella. A Mónica se le erizaron los vellos del cuerpo y sintió que una fuerza le impedía pararse.

Hacía unos meses que la curadora de arte había conocido a Sergio. Fue durante una inspección que tenía que hacer en una de las salas de exposiciones. Antes de llegar se detuvo frente a un cuadro de la artista japonesa Yayoi Kusama. Admiró por un largo periodo la obra abstracta llamada *No. 2. J.B.* que ese día le llamó la atención. Estaba ante una pieza de textura blanca que de primera impresión es simple y no tiene nada estelar. Pero, para una conocedora de arte como ella es diferente y en ese momento crucial de su vida la obra de Kusama la atrajo como una lata de refresco a una abeja. Vio un laberinto por donde ella se perdía. Todo blanco con puntos diminutos; de la misma manera que ella sentía que se convertía su vida desde la llegada de la primera carta anónima.

Mientras la curadora observaba cautiva, Sergio se le acercó y le hizo un comentario al oído. Ella, que estaba tan concentrada dentro de la obra y en los tapujos de su nueva realidad, brincó al escuchar la voz del hombre.

–Perdona, no quería asustarte –dijo él avergonzado y en voz baja por estar dentro del museo.

–Ay, por poco me matas de un ataque al corazón – contestó Mónica susurrando, pero con ganas de insultarlo a toda voz por haberla asustado e interrumpido su reflexión.

Luego de pausar un momento para recuperarse del susto le preguntó:

–¿Qué fue lo que me dijiste?

–Que, de todos los cuadros de ella, ese es el menos que me gusta.

–Pues a mí me dice mucho.

–No sé qué es lo que te transmite ese cuadro. Yo creo que ella tiene obras más espectaculares.

–Es posible, pero lo importante es lo que la obra le comunica a cada persona.

–En parte tienes razón. Me llamo Sergio García. Trabajo en el Departamento de Conservación y soy de Puerto Rico como tú –contestó extendiéndole la mano e invitándola a salir al jardín de esculturas para seguir hablando y no molestar a los visitantes.

A Mónica le había asombrado que él supiera que ella era puertorriqueña.

—Bueno, es que los boricuas tenemos la mancha de plátano —dijo él riendo y ella afirmó con una sonrisa—. Tú sabes, la ropa, los gestos. Desde un avión podemos reconocernos.

Ella asintió y le contó que hacía poco había sostenido una conversación larga con su compañera de apartamento sobre la particularidad del puertorriqueño.

Hablaron varios minutos hasta que se despidieron para volver a sus quehaceres. Pero, antes, la invitación que Mónica no quería escuchar:

—¿Qué tal un café uno de estos días? —propuso él.

—Sí, claro. Cuando gustes —contestó la muchacha en un tono no muy convincente.

Antes de que Mónica decidiera trasladarse a los Estados Unidos había terminado con una relación de muchos años y no quería repetir la historia sin antes tener un buen trabajo con el cual pudiera sostenerse económicamente sin depender de nadie. El novio con quien había pasado parte de su vida universitaria y laboral no quería que ella se mudara a Nueva York. Cuando pusieron fin al noviazgo ella sintió una especie de libertad, como si hubiese tenido un yugo en el cuello por muchos años. La gran presión que experimentó en esa relación fue tan fuerte que quería evitar volverse a enamorar.

—Mónica, ¿estás bien? Déjame ayudarte —dijo Sergio extendiéndole la mano para que se apoyara en ella y pudiera pararse.

Despeinada y avergonzada por el resbalón y el reguero de sus pertenencias en el suelo, le dio las gracias y aceptó la ayuda para pararse.

—Sigue jugando. Qué pena que interrumpí el juego.

—No, chica. Si ya habíamos terminado. ¿Te invito a tomar algo?

—No, no. Ya me iba. Voy a una fiesta. Estoy aquí con una amiga —tartamudeó.

—Ah, qué pena. Aunque yo también me tengo que ir. Me esperan en el apartamento de un amigo.

Mónica se rio sin muchas ganas cuando se enteró de que Sergio iba a la misma fiesta que ella. En medio de la conversación, Carol se metió frente a ambos y con un "¡Hola, yo soy Carol!" muy teatral, se le presentó al muchacho; cuando supo que iban a la misma fiesta propuso irse juntos.

—¡Buena idea! —proclamó inmediatamente Sergio.

Acto seguido, Carol miró a Mónica y le guiñó un ojo.

Lanzarote, Islas Canarias

¡Rodrigo, llegas tarde! De seguro había bulla para entrar a la casa de César Manrique y te detuvo el tráfico. Por cierto, antes de marcharte a Puerto Rico debes visitar esa casa majestuosa. Todo el que visite Lanzarote, como cita obligada, tiene que ir, y más tú que eres arquitecto. Madre mía, vas a salir fascinado de ese lugar.

Bueno, dejémonos de tanta cháchara y vamos al grano, que te marchas en unos días y falta lo más importante. Retomemos el plan.

Ya vas entendiendo mi historia, ¿verdad? Creo que te he dicho bastante y sé que quieres saber sobre cómo llegamos a esto. Pero de eso hablaremos luego. Por ahora solo te diré que ha sido lo más grande que he hecho. Naturalmente, al principio no me lo perdoné, pero luego, el tiempo me ayudó a comprender que fue lo mejor.

Te cuento. Awilda ya empezaba a comportarse diferente conmigo. No entendía qué le pasaba. Desde que acepté la proposición de Kurt para ser su asistente, ella más nunca me trató como antes. Yo le tenía lástima. De las dos hermanas, ella parecía ser la menos aplicada. Le gustaba leer, pero no mucho. Tampoco quería que Kurt la ayudara a mejorar su escritura y cuando él nos ponía música para que aprendiéramos a apreciar los acordes, ella se excusaba. Decía que tenía que terminar de cocinar o se iba a recoger los cuartos. Mientras tanto, Olga y yo nos quedábamos a escuchar las explicaciones de Kurt aleladas como bebés cuando miran a sus madres.

A pesar de no interesarle nada intelectual, Awilda era buenísima en la cocina. Tenía una habilidad innata para mezclar ingredientes. Kurt se lo decía todos los días cuando se sentaba a almorzar o a cenar. Yo también le celebraba sus platos y ella se alegraba cuando le decía lo sabroso de su sazón, pero rápido bajaba la cabeza y entrompaba la boca. Ponía una muralla entre ambas. Había un sentimiento raro hacia mí. Yo lo percibía, pero no entendía el porqué. Lo que sucedió más adelante aclaró todas mis dudas.

Cuando llegaba a la casa de Kurt, bien temprano en las mañanas, él me recibía feliz, con una taza de café recién colado por una de Las Sinofusas. Primero nos reuníamos en su despacho para discutir los trabajos que teníamos pendientes. A veces esas reuniones duraban hasta el mediodía.

Yo me encargaba de mantener en orden toda la información de las obras de arte que Kurt adquiría –que eran de todo tipo, porque él no se limitaba a comprar cuadros, esculturas o joyas–. Hasta llegó a comprar trajes y prendas de mujer que se habían usado en una zarzuela o en una obra de teatro y que él intuía que podían adquirir valor. También compraba muebles. De hecho, donde yo archivaba la información de todas las obras compradas era en un armario que adquirió en una subasta en Nueva York. Escucha esto: cuando el alemán llegó con ese mueble, que para nosotras era un armatroste, las tres nos miramos y nos echamos a reír a carcajadas. Figúrate, Rodrigo, eran dos piezas enormes que se podían usar, una encima de la otra, o de forma horizontal. La pusimos vertical porque la casona era grande, pero no tanto como para un mueble de ese tamaño. Ni te cuento cómo lo subieron por aquellas escaleras angostas; eso fue un verdadero proyecto.

Las carcajadas nuestras lo pusieron furioso, así que la explicación que nos dio del mueble fue con el ceño fruncido. Parecía un trol nórdico. Nos dijo que era una pieza que ganó un premio de diseño en el 1941. Que la diseñaron Charles Eams y Eero Saarinen. Eams era de origen estadounidense y Saarinen de Finlandia, pero emigró a temprana edad a los Estados Unidos. Sí, imagino que los conoces; ambos eran arquitectos como tú.

Ese mueble está en la casona 311 de la calle del Sol y como él no hay muchos porque al surgir la Segunda Guerra Mundial se detuvo su fabricación por falta de materia prima. Pero más importante que todo lo que te acabo de explicar es que en sus gavetas está el porqué de tu visita aquí.

Bueno, sigo con la historia. Después de las reuniones en las mañanas, Kurt se retiraba a tomar una siesta o se quedaba leyendo. Fue durante una de esas ocasiones, en las que se quedó en el despacho a leer, que me di cuenta de lo que Olga una vez me había comentado; que Kurt estaba enamorado de mí.

Aquel día yo tenía puesto un traje a media pierna y ajustado en la cintura que cada vez que me lo ponía el alemán me lanzaba un piropo. Yo lo recibía sin sospechar lo que había detrás de su galantería. Solo pensaba que lo hacía porque estaba a gusto con mi trabajo. Sucedió que mientras él leía yo caminé hacia una mesita donde colocábamos la correspondencia y me detuve justo a su lado para abrir una de las cartas. En ese momento Kurt aprovechó mi estancia cercana para rozar con sus dedos mi pantorrilla. Me asusté porque pensé que había sido un insecto. Cuando lo miré, su rostro me confirmó que había sido él. Tenía una mirada pícara que ya había visto en otras ocasiones, pero nunca le había dado importancia. Me hice la desentendida y seguí con mi trabajo. Cerca de las dos puertas de madera del despacho, que por lo general se mantenían abiertas, Awilda pasaba la escoba. Cuando la miré, abrió los ojos petrificada. A los dos segundos me dio la espalda y siguió barriendo.

Pocas semanas después, Kurt me pidió que posara para un amigo pintor. Accedí sin pedir detalles; me pareció excitante posar para el lienzo de un artista. También me dijo que quería mantener el nombre del pintor en secreto. Le dije que no había ningún inconveniente. Ese día, cuando llegué a la casona, ni Awilda ni Olga estaban presentes.

–¿Dónde andan Las Sinofusas?

–Les pedí que fueran al mercado y les di la mañana y parte de la tarde libre. Prefiero que no estén para no interrumpir al artista.

Kurt tenía razón. A veces, Awilda y Olga hablaban en voz muy alta sin darse cuenta. Y fue mejor que no estuvieran…

–Antes de que llegue el pintor tengo que decirte algo, Rosaura.

–Pero, Kurt, te ves preocupado. ¿Pasa algo?

–Bueno, mira, es que… Él me pidió si podía ser un desnudo.

–¡¿Cómo?! –arremetí encolerizada. Agarré mi cartera y salí del despacho.

–Rosaura, déjame explicarte –dijo a la vez que se impulsó hacia el frente con el brazo derecho extendido para tratar de agarrar el mío y evitar que me fuera.

En el intento se le cayó al suelo el sombrero crema que usaba cuando salía de la casona y recibía invitados. Se le desgreñó el cabello marrón claro, que mantenía en su sitio con brillantina Halka.

Yo iba por la mitad de las escaleras cuando me percato de que hay un hombre en el portón.

–Tefo, a buena hora llegas –esbozó desde más arriba Kurt con el cabello revuelto.

Me volteé hacia el alemán y mi boca entreabierta le dio derecho a guiñarme un ojo y enseñarme su blanquísima y perfecta dentadura. Él sabía que yo jamás me negaría a posar para Rafael Tufiño. Conocía su obra. La habíamos conversado muchas veces.

Bueno, pues, ya sabes, accedí, pero no desnuda, sino que con el retazo de una tela translúcida. Imagínate, Rodrigo, yo nunca me había quitado la ropa frente a ningún hombre. No sé cómo lo pude persuadir, pero usé toda mi astucia para que Tefo entendiera mi posición. Él, con su manera de ser tan jovial, hizo lo mismo y casi me convence para que lo hiciera sin nada por encima. Era bien carismático y nunca se le veía de mal humor. También, tenía fama de que le encantaban las mujeres. Durante nuestra "negociación" Tefo se mostró zalamero conmigo y ese coqueteo a Kurt no le pareció muy gracioso. Tuve que volver a usar mi sagacidad y ponerle coto al asunto.

El pedazo de tela ayudó mucho a controlar mi sonrojo y cuando vi mi cuerpo semidesnudo reflejado en un espejo que había en el despacho, junto al perfil de un artista como Rafael Tufiño, experimenté una sensación de libertad indescriptible. Sentí mayor independencia de la que ya me habían dado mis padres. En una época cuando el machismo era bien marcado, ellos me dieron autonomía para tomar mis propias decisiones. Aunque siempre tenía que escuchar algún sermón, la mayoría de las veces me apoyaban en todo.

Pasado el mediodía, luego de haber posado casi dos horas para Tefo, preparé una taza de café para cada uno y nos sentamos a platicar un rato. Hablamos de la experiencia del pintor en la DIVEDCO y de sus días de estudio en México. Hasta discutimos sobre algunas posturas de Fromm a quien él leía mucho.

Cuando le serví un dulce de papaya que había hecho Awilda –que tengo que decir que nunca he probado uno igual–, ¡Ave María!, aquel hombre casi enloquece. Estaba encantado con el postre.

Al despedirnos quedamos en que iba a empezar a trabajar el óleo y que si necesitaba volver a verme nos avisaba. Se retiró muy contento, como era usual; Tefo siempre andaba feliz. No dudo que pasaría la tarde en uno de sus bares predilectos con algunos de sus amigos escritores como René Marqués, Emilio Díaz Valcárcel o Pedro Juan Soto.

Luego de despedirlo volvimos al despacho para adelantar algunos trabajos. Me acerqué al escritorio para buscar unos documentos que debía archivar cuando sentí otro roce de dedos contra mi piel. Esa vez no fue en mi pantorrilla. Sin sobresalto –estaba segura de que no era un insecto lo que me había acariciado la mejilla– me volteé. Lo miré fijamente al iris de sus ojos bordeado por un azul líquido. Le quité el sombrero crema y él rodeó con sus manos mi cintura diminuta. Sentí su aliento caliente y dulce. Cerré los ojos y me dejé llevar al ritmo de una melodía que se escuchaba desde la sala. Los poros de la piel se me endurecían tras el toque de sus labios finos; eran besos suaves en mi cuello. Su proximidad apuraba mis latidos. Mi cuerpo seguía al suyo como una danza sutil. Con firmeza tanteó mis caderas, exploró mi escote… hasta que un par de risotadas, cual malletazo de un juez en pleno juicio, puso fin a nuestro primer encuentro amoroso. Raudos, yo alisé mi vestido y acomodé el cabello; Kurt se colocó el sombrero y se sentó en la silla de cuero color marrón del escritorio. Cuando miré hacia el espacio entre las dos hojas de la puerta de madera que estaban medio abiertas, divisé el par de ojos saltones de Awilda, quien, aunque no supe cuánto tiempo llevaba parada ahí, debió haber visto todo.

Meses más tarde, Kurt necesitaba que yo fuera a Mayagüez a llevar unos documentos importantes. Aunque podía enviarlos con un mensajero, prefería que fuera alguien de su entera confianza. Contrató a un chofer para que me llevara. Como era tan lejos tenía que regresar al otro día, por lo que allí me instalaría en la casa de unos amigos de él para regresar a la mañana siguiente. En ese tiempo solo había dos carriles, uno para cada dirección contraria, y si había zafra, el camino se hacía más largo porque era muy riesgoso invadir el carril contrario para pasarle a los camiones repletos de caña de azúcar.

Cuando se acercaba el día, yo estaba atrasada en unos trabajos que debía terminar, así que le pidió a Awilda que fuera por mí. Pero a ella no le gustó nada la idea. Se desamarró el delantal, lo tiró al piso y salió de la casona tras un portazo.

Awilda era una mujer menuda, de seguro no llegaba a las cien libras de peso. Aquel día parecía que pesaba doscientas. Se escuchaba el ruido que hacían sus zapatos cuando bajaba cada uno de los escalones. La ira se apoderó de ella. La pobre, cuando llegó al último escalón, tropezó con el ruedo de la falda y cayó de rodillas al suelo. Subió ensangrentada y con el cabello revuelto. Lloraba y llamaba a Olga como hacen los chiquillos cuando necesitan a su madre. Traté de ayudarla, pero me empujó. "¡Lárgate, estúpida! Te crees dueña de la casona y de Kurt", gritó a todo pulmón. Ese insulto me llegó al alma. Eran palabras llenas de odio. Un odio que jamás pensé que alguien pudiera sentir. Luego comprendí que estaba celosa. Ella se había enamorado del alemán.

La muchacha no era tan astuta, y Olga, su hermana, le tenía lástima. Cuando veía su indiferencia hacia mí me pedía que le tuviera compasión. Las Sinofusas trabajaron toda su niñez y adolescencia. Dejaron de ir a la escuela porque sus padres las obligaban a trabajar. El padre era un abusador. Decía que eran haraganas, que se tardaban demasiado en entregar la ropa que la madre lavaba y planchaba a unas familias adineradas de Miramar.

Olga me llegó a contar que Awilda sufría mucho cuando su papá les gritaba y les daba con un palo de madera. La madre se volteaba para no mirar porque, de seguro, si las defendía, recibiría también una descarga. En cambio, Olga era más fuerte de espíritu y lista. Decía que su padre era un hombre enfermo y por eso lo perdonaba. Imagino que esa era la coraza que usaba para sobrevivir.

Tuvieron suerte cuando Kurt les ofreció empleo para hacer las tareas domésticas. Al poco tiempo, cansadas del maltrato, decidieron instalarse en la casona que tenía tres cuartos dormitorios y ellas compartían uno. Desde entonces, solo visitaban la casa de la familia en ocasiones especiales o para llevarles dinero. Poco a poco las marcas del maltrato desaparecieron de la piel de ambas, pero a Awilda se le hacía difícil borrarlas de su corazón.

Sobre el viaje a Mayagüez, le dije que se quedara porque tenía las rodillas inflamadas por la caída. Insistí; sin embargo, ella volvió a enfurecerse, se levantó y se marchó. Al otro día, cuando llegué a la casona para trabajar, Kurt me esperaba con la taza de café recién colado y Awilda ya estaba lista para partir. Llevaba un bolso con los documentos y una pequeña maleta. Su cabello largo y crespo estaba recogido en un moño hacia atrás y vestía un traje azul claro con florecitas rosas y amarillas, que se ponía solo en ocasiones especiales. La falda le tapaba las rodillas machucadas. No contestó a mi saludo, tampoco cruzó la mirada con la mía. Cuando pasó por mi lado para irse, el aroma a azucenas de su colonia hizo que me sonriera. En cambio, de ella lo único que recibí fue pura indiferencia. Esa fue la última vez que la vi.

Capítulo 12

Como un puñal

Mónica estaba retrasada. Aun así, se paró unos minutos frente a la torre de libros que tenía colocada al lado de la puerta principal del apartamento para escoger uno que pudiera leer en el tren de Brooklyn a Manhattan. Indecisa entre la novela epistolar, *Querido Diego, te abraza Quiela*, de Elena Poniatowska, y el de poesía, *Postales*, de Frank Báez, que hacía poco le había regalado Carol, prefirió el de poemas. Pensó que esos versos le ayudarían a olvidarse de los correos electrónicos que su jefe, Octavio, le había enviado ese día a las seis de la mañana.

Autorretrato

Rodé al año y medio por las escaleras hasta el segundo piso.
A los seis casi me ahogo en una piscina.
A los siete me arrastró la corriente de un río.
Me golpearon con un palo, con la culata de un fusil, con una tabla. Me propinaron un codazo en la cara
y otro en el estómago, rodillazos,
machetazos, fuetazos.
El perro del vecino me mordió un brazo.
[...]

"Coño, al menos a este le ha ido peor que a mí", dijo para sí, luego de leer el primer poema del libro y soltó una carcajada que despertó al pasajero sentado frente a ella. Pasó la página para leer otro poema, pero no se podía concentrar. Lo cerró; prefirió entretenerse con la publicidad de las paredes de la nave y los zapatos de algunos pasajeros.

Ya en Manhattan le faltaban dos cuadras para llegar al Guggenheim cuando sonó su teléfono móvil:

–Mónica, chica, ¿dónde estás?

–Hola, Carmen Luisa, espero que estés bien. Yo estoy muy bien, gracias –contestó con ironía.

–Y ¿cómo reconociste mi voz?

–...

—Bah, olvídalo... Ya sé, por mi acento cubano. Bueno, perdona que no te saludé, chica, pero es que Octavio me tiene loca preguntando por ti. Tú sabes cómo se pone los lunes y más cuando hay un despelote con esa exhibición. Óyeme, chica, llega pronto que esto aquí está... bueno ni te cuento.

Mónica echó a andar con mayor rapidez, pero el magnoedificio blanco del Guggenheim parecía inalcanzable mientras ella aligeraba los pasos. Se tardó menos de cinco minutos en llegar, pero a ella le pareció que habían pasado siglos. Cuando entró al departamento escuchó la voz de Octavio y paró en seco. Él conversaba con Carmen Luisa:

—Entonces, la niñita boricua, con todo y el mal manejo de la exhibición, osa por llegar tarde. ¡Qué bárbara!

—Chico, te dije que ya está de camino. Hablé con ella.

—Ay, Carmen Luisa, ¿pero no te parece que la niñita como que no está concentrada en su trabajo? No sé qué tiene en la cabeza. Además, ha faltado muchísimo, justo cuando más necesitamos su ayuda. Y ya sé que pidió irse más temprano el viernes porque tiene otro viajecito. No entiendo. La verdad, no entiendo.

—Chico, dale una oportunidad. Deja que ella te explique. Además, mira, yo creo que ya está todo resuelto...

—¡Resuelto! Carmen Luisa, no seas ilusa. Nadie ha venido para confirmar que aparecieron las obras de Kandinsky. Y las bombillas, ¿alguien las encontró? No aparecen, Carmen Luisa. Lo único que hizo, antes de irse otra vez a Puerto Rico, fue arreglar lo de la pintura blanca.

—Pobrecita. Mira, chico, ella me estaba contando, bueno, la escuché mientras hablaba por teléfono, sobre un problema que tiene que resolver en Puerto Rico. Es algo con una tía desaparecida.

—Problemas tenemos todos. No hay excusas. Yo no puedo contar con una persona tan inestable. Oye, pero, cuéntame, ¿cómo que tiene una tía desaparecida?

—Bueno, Octavio, te voy a contar, pero no vengas a decir que yo te lo dije. Pues mira, chico, la pobre me contó hace poco, bueno, yo escuché, que le han llegado unas cartas misteriosas a su apartamento, dizque con unos mensajes sobre una casona en el Viejo San Juan. Supuestamente allí vivía un alemán que era amigo de esa tía desaparecida que ella adoraba. Entonces, al parecer, en la casona esa hay obras de arte importantes. Imagínate tú, Octavio, lo más probable la niña es millonaria y no lo sabe.

—¡Ja! ¿Eso escuchaste? Me parece más una historia de camino que otra cosa. Mijita, deja de escuchar tanta bobada.

—Óyeme, chico, pero si fuiste tú el que me insistió. Ahora que sabes el cuento te parece insignificante. Y yo con tanto trabajo.

—Mira, Carmen Luisa, fuiste tú la que insistió...

—¡El que insistió saber sobre la historia de la tía de Mónica fuiste tú!

Mónica carraspeó para anunciarles que estaba allí. Caminó hacia ellos. Octavio y Carmen Luisa se quedaron atónitos cuando la vieron.

–Es abominable cuando algunas personas se entretienen con las vidas de otros –les dijo Mónica con un tono de voz grueso, la mirada profunda y los puños apretados.

Lanzarote, Islas Canarias

Kurt era bien ingenioso. Nos contaba que su padre le enseñó a mirar la vida de una manera diferente y él siguió ese consejo al pie de la letra. A todo le buscaba el lado bueno. Como dicen los españoles de la península: "dale la vuelta a la tortilla", y eso hacía. Cuando algo no le salía como él había previsto, buscaba la manera de resolver el problema con mucha creatividad y optimismo. Casi todo lo que hacía era como un juego y con esa misma gracia e inventiva redactó su testamento.

¿Recuerdas el papel que estaba adherido en una lámpara y que luego Olga movió al mueble color verde? Ese documento era parte del "juego" que había dejado explicado en su testamento. Lo mismo con su epitafio, que mandó a grabar muchos años antes de su muerte y lo tenía guardado en un armario debajo de la escalera de la entrada de la casona.

–Rosaura, estoy demasiado intrigado con tantas historias que usted deja en suspenso.

–Rodrigo, sé que tienes curiosidad sobre lo que pasó con Awilda y tantas otras incógnitas de mi pasado.

—Es que su vida en Puerto Rico fue intensa.

—Sí, y por eso me tuve que ir. Te cuento. La primera vez que fui a la casa de Nilita quedé hipnotizada por el ambiente que se respiraba en aquel lugar. Allí se hablaban tantas cosas interesantes y el orgullo patrio era muy evidente. Nilita siempre me hablaba sobre convertirme en una perla fuerte y brillante. No aspirar a ser una perla plástica. Kurt se fijó del cambio en mi visión hacia la patria y siguió llevándome. Así fue que empecé a unirme a varios grupos en contra de la colonia. Años más tarde supe que la policía me había perseguido para grabarme en audio y video, y también fotografiarme. Nos catalogaban como subversivos.

—¿O sea que usted fue carpeteada?

—Así mismo. Mi carpeta era la número 030573. Aún guardo el papelito que me entregaron con mi número. Pero, nunca quise saber lo que había adentro ni me interesó conocerlo.

—Entonces, ¿por eso fue que planificó su desaparición?

—Eso tuvo que ver un poco, pero no del todo. ¿Recuerdas cuando Awilda fue a Mayagüez?

—Eh… sí, lo recuerdo. Cuando Kurt contrató a un chofer para que usted llevara unos documentos, pero que al final fue Awilda.

—Exacto. Pues resulta que durante ese viaje el chofer, en un intento de rebasar un auto que al parecer iba lento, invadió el carril contrario. Esto sucedió en la bajada donde se puede apreciar una de las vistas más bellas de la costa norte de la isla, la de Guajataca, en Quebradillas –explicó con la mirada perdida.

–Oh, sí. Esa vista es otra cosa –dijo emocionado–. ¿Está bien, Rosaura? –preguntó al notar que la mujer parecía estar ausente.

–Sí, estoy bien, perdona –contestó pausada, llenó los pulmones de aire y exhaló lentamente–. Según dijeron los testigos, mientras el chofer bajaba la cuesta rebasó el auto que estaba frente a él porque iba lento, pero no se percató de que otro vehículo venía a gran velocidad por el carril contrario.

–¡No! –exclamó Rodrigo atónito.

–Sí. Chocaron de frente –contestó con agonía–. Para mí es difícil recordarlo. Imagínate mi impresión cuando me lo dijeron. Se suponía que ese viaje lo iba a hacer yo –continuó con los ojos aguados–. A estas alturas de mi vida lo recuerdo y no puedo evitar emocionarme. Lo peor de todo fue cuando le dijimos a Olga que su hermana había muerto. Fue una escena desgarradora. Verla quedarse sin aliento, tirada en el piso… Jamás he podido superarlo. Para Kurt también fue muy duro.

–¿Por eso decidió desaparecer? –preguntó en un tono bajo.

–Pasamos años de mucha congoja. En la casona se respiraba un ambiente tétrico. Olga se deprimió y mi relación amorosa con Kurt se enfrió un poco. Vivimos días, meses, años, de mucha tensión y pesar. Nos hacía falta la presencia de Awilda. Fue una pérdida grande. Además de eso, surgió lo de la carpeta. Cuando mi familia lo supo me culparon por las persecuciones que estaban haciéndole a mi hermano Ramón, en la Autoridad de Energía Eléctrica, donde trabajaba. Aparentemente él recibía mensajes anónimos para sacarlo de carrera y querían que renunciara. Desde entonces comenzaron a distanciarse de mí. Hasta Amelia, mi cuñada, me alejó de mi sobrina Mónica, que era adoración conmigo. Disfrutábamos mucho cuando estábamos juntas. Fueron tantos los atropellos en mi contra –dijo con un suspiro y continuó–. Total, mi hermano nunca renunció a su trabajo y ahora vive jubilado con una buena pensión por sus años de labor allí. Todo fue muy injusto. Aguanté años hasta que decidí que lo mejor era marcharme para siempre.

–Entonces, ¿cómo lo hizo?

–Desaparecer fue mi decisión. Estaba muy agobiada ante todo lo que había pasado. Lo peor fue la muerte de Awilda. Yo tenía una herida muy profunda, muy difícil de sanar. Las acusaciones de mi familia en mi contra acabaron con mi aflicción. Kurt no estaba de acuerdo con mi plan, pero me apoyó, y Olga, la pobre, cuando supo que me iba, lloraba todos los días.

Dejé varias cartas. Una de ellas para mi querida sobrina, Mónica. Esa carta está en una caja de galletas danesas con fotos y otros documentos que le regalé unos días antes de irme para siempre.

–Entonces...

–Kurt tenía unos amigos que eran pilotos de aviación y les pidió el favor de sacarme de la isla. Fue muy riesgoso porque había que usar un nombre falso, pero lo pudimos hacer. Volé hasta Santo Domingo en una avioneta Cessna y de ahí tomé un vuelo hasta Madrid donde pasé unas semanas hasta que aterricé en Lanzarote.

–Pero ¿cómo surge lo de la desaparición?

–¡Rodrigo, no eres paciente! –contestó atribulada con las manos levantadas–. Voy por partes. Ahora te explico –continuó mientras rebuscaba dentro de un sobre grande–. Aquí está. Mira, lee –dijo y extendió la mano para entregarle un recorte de periódico amarillento.

MUJER DESAPARECE TRAS SER ARRASTRADA POR FUERTE OLEAJE EN PLAYA DE CEMENTERIO

–Ese titular mete miedo –reaccionó sorprendido–. ¿Cómo que en playa de cementerio?

–Cerca del cementerio del Viejo San Juan hay una playa que muy poca gente conoce. Las Sinofusas y yo la descubrimos de una manera inusual durante una de nuestras andanzas por la isleta.

Resulta que en una ocasión caminábamos por la calle del Cristo cogidas de manos como siempre hacíamos. Una norteamericana nos vio y le pareció peculiar. "¡Lindas, bellas!", nos gritó con acento extranjero. A nosotras nos pareció jocoso y nos reímos muchísimo. La mujer se nos acercó y entre su español limitado, y nuestro inglés malísimo, conversamos un rato. Luego supimos que era la norteamericana de la que tanto se hablaba en la isleta, que se bañaba desnuda en una playa escondida que había cerca del cementerio. Un día nos atrevimos y fuimos a descubrir el lugar. Cuando nos asomamos vimos a la mujer sin ropa, con la piel del color de una langosta hervida –contó entre carcajadas–. Ella se percató de que la miraban. Nos escondimos asustadas, pero cuando vio que éramos nosotras nos hizo señas para que bajáramos. Olga y Awilda se quedaron petrificadas. Yo me atreví y empecé a bajar por la empinada cuesta de tierra. A la mitad del camino las llamé con las manos para que bajaran y decidieron seguirme. Agraciadamente, cuando llegamos a la orilla la señora se había vestido con una bata ligera. Estaba contenta de vernos. Entre señas y algunas palabras en español nos explicó que aquella pocita era tranquila, pero que cuando el oleaje se ponía muy fuerte, era mejor no ir, porque las olas podían arrastrar al que estuviera en la orilla y pasar un gran susto. Señaló hacia la barriada La Perla y nos dijo lo bello que se veía desde allí. Y era cierto. Desde aquel lugar, cuando el oleaje arremetía contra las piedras que resguardaban las casas cercanas a la orilla, el aerosol que provocaba las olas era majestuoso. Fue así que se me ocurrió usar ese lugar como el ideal para fingir mi muerte. –Culminó el relato y le instó a que leyera la noticia completa.

Periódico El Nuevo Día, miércoles, 22 de febrero de 1999.

Una mujer desapareció tras ser arrastrada desde la orilla por el fuerte oleaje en una playa cerca del cementerio municipal del Viejo San Juan, informó el sargento Carlos Olmeda, adscrito al cuartel de Puerta de Tierra en San Juan.

Según datos preliminares, los hechos se registraron a las 3:17 de la tarde cuando una mujer que acompañaba a la desaparecida lo informó a unos agentes policiacos que se encontraban en las afueras de El Morro.

"Una mujer, que se identificó como Olga Arizmendi, amiga de la mujer, informó que mientras ella y su amiga tomaban sol, una ola inesperada las arropó a ambas. Según relató, cuando ella pudo salir del agua, aturdida y expulsando el agua que había tragado, se percató de que su compañera, identificada como Rosaura Fernández, no estaba en los alrededores de la playa", sostuvo el agente policiaco Carlos Olmeda.

El agente añadió que la mujer estaba visiblemente afectada y miraba insistentemente a su alrededor. También exhortó a la ciudadanía a informarse so-

bre las condiciones del tiempo, puesto que se había anunciado oleaje de hasta doce pies en las costas del norte de la isla y que en algunos sectores las olas podían alcanzar los quince pies.

Entretanto, supimos que en la playa donde ocurrieron los hechos se han reportado sucesos similares. Es importante mencionar que este lugar, cercano al cementerio de la capital, es de difícil acceso.

–¡Rosaura, qué historia impresionante! Nunca había conocido a alguien que tuviera el valor de hacer algo como eso.
–Siempre hay una primera vez, ¿no es cierto?
–Definitivo. Pero jamás pensé que aquella señora que una vez conocí en la casa de mis vecinos fuera capaz de fingir su muerte.
–La vida está llena de sorpresas. Tampoco me hubiese imaginado que alguien tan cercano a mi familia hubiese estado interesado en ayudarme –dijo con recelo.
–Cuando vi el anuncio en el periódico me interesé. En el Viejo San Juan hay muchas casas abandonadas y creo que esta no debe correr la misma suerte.
–Mucho menos con todo lo que hay adentro. Me aterra pensar que se pierda –dijo preocupada.
–Estoy ansioso por entrar.
–Algo me hace pensar que ya has estado adentro de la casona.
–¿Qué le hace pensar eso? Ya le he explicado de lo que se trata mi trabajo y cuando vi el anuncio me interesó mucho.

—Claro, pero yo nunca te he dicho cuál será tu recompensa y comoquiera viniste.

—Rosaura, espero que no crea que vengo con malas intenciones.

—Perdona, Rodrigo. Pensé en voz alta. No fue mi intención. Sin embargo, he sabido que mi cuñada ha estado rondando la casona haciendo preguntas a los vecinos. Y sé que tus padres tienen muy buena relación con ellos.

—A ellos no los veo hace mucho. Ya la urbanización de mis padres no es como cuando Mónica y yo éramos niños. Ahora se vive tras los portones de rejas y con las puertas cerradas, y Amelia y Ramón son muy privados —contestó frotándose las manos.

—Entiendo —dijo Rosaura, parca.

—¿Usted piensa que le miento?

—No sé por qué te has puesto tan ansioso, Rodrigo.

—Porque parece que me acusa de algo.

—De ninguna manera. Aunque…

—Creo que es hora de irme —dijo Rodrigo con la voz temblorosa y se paró del sofá donde había estado sentado por varias horas.

—Espera —dijo la mujer con autoridad—. Vuelve a sentarte. No he terminado.

Rodrigo acató la orden de la mujer, pero evitaba mirarla.

—Si mientes, no me interesa saberlo, ni ahora ni después. Siempre me estuvo sospechoso la rapidez con la que contactaste a Olga y llegaste hasta acá. Pero reconozco que muy dentro de ti tienes buenos sentimientos. Tu mirada me lo confirma. Lo que me importa ahora es que me ayudes a llamar la atención de Mónica para hacerla regresar a la isla y que se pueda salvar todo lo que hay dentro de la casona.

–Pero Rosaura…

–Basta, Rodrigo. No más disculpas. Solo quiero que mi plan se lleve a cabo. Lo demás, es lo demás. Escucha bien. Olga ya conoce lo que debes hacer. Ella es astuta y sabrá cómo lograrlo. Cuando llegues a Puerto Rico te dará todas las cartas que Mónica debe recibir. Espero que no abuses de la confianza que te he dado, Rodrigo. Ahora puedes retirarte –sentenció con dureza, se levantó y se fue.

Rodrigo se quedó pasmado y meditabundo en la sala que tenía un balcón con una amplia vista hacia el Atlántico, cercano a la costa norte del Sáhara. De momento escuchó unos pasos y se levantó del sofá de inmediato.

–Se me olvidaba decirte… –le comunicó la mujer que regresó al salón donde estuvieron platicando–. Hace mucho tiempo que he dejado de ser Rosaura Fernández. No olvides que esa desapareció. Mi nombre es Margot Perdomo.

–De acuerdo, Margot –dijo serio y se marchó de la casa.

Rosaura tenía un rostro afable, pero la vida que le tocó vivir la compuso tan árida como el paisaje de la isla que escogió para refugiarse de las infamias de un sistema colonizador y de la pena de la muerte de una amiga, casi hermana. Una muerte de la cual se sentía responsable.

Capítulo 13

Desencanto

—No sé qué decirte, Mónica. Lo siento mucho. Hay algo entre tú y yo que... no sé. Es que no puedo confiar ni en ti ni en tu trabajo.

—Pero Octavio, mi evaluación fue perfecta. ¿Por qué vienes ahora con esta excusa? ¿Cómo es eso de que mi contrato culmina luego de terminar la exhibición?

—Amiguita, no sé...

—¿Sabes qué, Octavio? —interrumpió Mónica a la vez que se paró de la silla e inclinó el cuerpo hacia el escritorio del hombre—. Hace mucho tiempo que tenía ganas de dejarte saber que odio que me digas mamita, amiguita y todos los apodos ridículos que usas para referirte a mí.

—Pero, niñita...

–No me vuelvas a decir niñita –arremetió sin dejar de mirarlo fijamente.

–Dios mío, cálmate. Hazme el favor de sentarte y hablemos con serenidad, amiguita, digo, Mónica –concluyó asustado.

–Octavio, pensaba muy bien de ti. Tu historia es inspiradora.

–¿A qué te refieres?

–Haber emigrado, ir al Bronx y superarte como lo has hecho, creo que es admirable.

–¿Y quién te ha contado todo esto? ¿Cómo sabes las interioridades de mi vida?

–Ehhh...

–¿Carmen Luisa?

–...

–Olvídalo –dijo a la vez que exhalaba, hacía una mueca con la boca, abría los ojos y movía la cabeza como en negación–, eso no tiene remedio. Vamos a lo que nos compete.

–Sé que estás molesto por lo de las pinturas perdidas y todo lo demás. Entiendo que han pasado demasiadas cosas. Además, sé que no te ha gustado que me haya ido de viaje a Puerto Rico dos veces, pero lo he hecho durante mis días libres. Y sí, sé que debo estar disponible los fines de semana para adelantar este proyecto.

–Mónica, es que me parece que estás muy distraída. La pérdida de las pinturas es grave. Imagínate si la prensa se entera. Eso sería un escándalo. Además, la exhibición está pautada para que inaugure en par de semanas y todo está atrasado –dijo en tono subido.

En ese momento, Mónica recibió un mensaje de texto en su teléfono móvil y sin que le importara que su jefe le estaba hablando accedió a él y lo leyó.

Dame una llamada pronto. Es importante.
Sergio

–Mónica, ¿me estás escuchando?
–...
–¡Amiguita!
–¡Octavio, mi nombre es Mónica! –sentenció encolerizada.
–Ay, perdona, es la costumbre. Quise decir, Mónica... Y, ¿quién te escribió? Tu rostro cambió por completo cuando leíste el texto. Y ahora, ¿cuál es el problema?
–No es un problema, aunque sí. Bueno, un poco. Pero no... no es del trabajo –dijo atribulada y confundida.
–Mira, ve y tómate un café. Regresa como en una hora y seguimos con la conversación. No dejes de venir que tenemos que finiquitar la exhibición.
–Seguro, eso haré. –Se levantó y tropezó con una de las patas de la silla.

Una quemazón le subía del cuello hacia el rostro. Pasó por el lado de Carmen Luisa y la ignoró. La secretaria la miró y se quedó pasmada con el rechazo de la muchacha.

Cuando llegó a su escritorio se sentó y releyó el texto de Sergio. Le escribía una respuesta y luego la borraba. Miraba al techo, negaba con la cabeza, se tumbaba en la silla, se reincorporaba. Así estuvo un rato considerable hasta que Octavio apareció con un café y se lo dejó encima del escritorio.

—Como no fuiste a buscar uno, mejor te lo traigo yo. Creo que lo necesitas. Te veo en una hora —le dijo sin esperar respuesta.

Mónica le dio las gracias y tomó un sorbo del café. Volvió al mensaje que le escribía a Sergio. Lo releyó y lo volvió a borrar. Resignada, colocó el teléfono móvil encima del escritorio con la pantalla hacia abajo y volvió a beber del café. Pasaron varios minutos cuando sonó el timbre del móvil. Era una llamada de Sergio. Le pasó por la mente ignorarlo, pero contestó.

—Mónica, ¿por qué no me contestaste el mensaje de texto?

—Perdona, Sergio, estoy bien ocupada.

—Necesito hablarte. Mejor paso por tu oficina. Es importante —dijo y enganchó a la ligera.

Mónica estaba aturdida con todos los sucesos que le habían pasado en las últimas semanas. Entre los problemas en su trabajo y el de la casona, estaba abrumada. Encima, no quería pensar que se estaba enamorando, pero cada vez que se encontraba con Sergio notaba que se le subía la presión.

Cuando colgó la llamada buscó un espejo en la cartera. Miró si tenía lápiz de labios puesto y si su cabello estaba arreglado. Se percató de que le había caído café en la blusa. Buscó una toallita húmeda para tratar de eliminar la mancha y se metió en la boca tres pastillas de goma de mascar con sabor a menta para aplacar el rancio sabor a café sin leche ni azúcar, como le gustaba tomarlo.

–¿Olvidaste el favor que me pediste? –dijo Sergio asomándose de improviso por la pequeña oficina de la curadora de arte.

–Llegaste rápido –contestó Mónica sorprendida.

–Estoy a un piso y varios escalones de distancia de tu oficina.

–Ehh... sí, es cierto –contestó ella con una sonrisa a medias–. ¿A qué favor te refieres? –preguntó con el entrecejo fruncido.

–Mónica, el día de la fiesta a la que fuimos juntos, luego del bar de Toñita, ¿recuerdas? Me habías contado sobre lo que pasó con las pinturas de Kandinsky y me pediste que si me enteraba de algo que te dejara saber.

–Ay, sí... ahora recuerdo. Perdona, Sergio, había olvidado que te lo había dicho –contestó avergonzada.

–Pues mira –contestó, y con una de sus cejas levantadas le enseñó una fotografía que tenía en el teléfono móvil.

–¿Qué? ¿Cómo?

–Sí. Así como lo ves. Le conté a uno de los que trabaja en mi departamento y me explicó que alguien –señaló con disimulo el escritorio de Carmen Luisa– había pedido que las guardaran en el almacén que usamos en el Departamento de Conservación.

–Pero ¿cómo es posible? –contestó Mónica mientras se levantaba de la silla con el rostro desfigurado.

–No vale la pena que le recrimines –aseveró el hombre y se paró frente a ella para evitar que fuera a llamarle la atención a Carmen Luisa.

–Es que he perdido noches y días pensando en qué pudo haber pasado con esas pinturas.

–Pues ya todo está resuelto. Tuviste la suerte de que nos vimos aquella noche y me contaste. Quizá todavía estuvieras buscando las pinturas o, peor aún, un trabajo nuevo.

–Cierto. Me has quitado un gran peso de encima. Tengo que ir a avisarle a mi jefe.

–Entonces, merecemos celebrarlo.

–Sí, verdad. Deberíamos celebrar –contestó la muchacha con una risa nerviosa.

–Antes de que termine el día volvemos a hablar. Ve a darle la buena noticia a tu jefe –dijo Sergio tras guiñarle un ojo.

Capítulo 14

Aforismo

Las losas criollas que revestían el suelo le parecían un mapa. Las observaba como pidiéndoles que le hablaran; como si quisiera que la dirigieran de una vez y por todas al lugar donde podía conocer las respuestas de cada uno de los acertijos que tenía que resolver. Y el olor peculiar del lugar la embriagó como la primera vez y la transportó a un tiempo lejano y ella sintió una nube de sucesos que allí se encerraban.

Repasó lo que había visto cuando entró a la casona hacía varias semanas. Destapó la silla de *plywood* de Charles y Ray Eames y sobó suavemente el filo del espaldar. Le echó un vistazo al despacho y volvió a mirar con detenimiento los libros, el escritorio de madera oscura y sus ojos se quedaron plantados en el cuadro a medio terminar y sin firma de su autor. El perfil de la mujer pintada en el lienzo le volvió a llamar la atención. En ese instante se convenció, aunque siempre lo había sospechado: era su tía Rosaura. Sus ojos se humedecieron.

Sacó de la cartera la última carta que había recibido justo un día antes de regresar a Puerto Rico:

Eams y Saarinen aguardan por ti.

Había hecho una búsqueda por Internet para corroborar el significado. Sabía que debía encontrar un mueble grande, que al parecer era el guardián de algo importante. Empezó a quitarle las sábanas –esta vez sin miedo– a cada uno de los muebles tapados. Desmanteló la mesa del comedor, el mueble donde estaba el tocadiscos de Kurt, un sofá y dos butacas de mimbre, hasta que se acercó a uno de considerable tamaño. Justo cuando lo iba a destapar escuchó una voz.

–Hola, Mónica, ¿estás aquí?

La curadora de arte se paralizó y no pudo contestar.

–¡Hola! –repitió el visitante imprevisto.

–Sí, ¿quién es? –dijo desconcertada.

–Es Rodrigo, ¿puedo pasar?

–Sí, pasa –contestó con un suspiro, aliviada al saber que era él, y caminó deprisa hacia la puerta de la entrada.

–Perdona si te asusté. No fue mi intención –dijo el arquitecto.

–No es nada. Me alegra volver a verte. Ven. Tienes que ver esto. –Lo agarró por un brazo y lo llevó hasta el mueble que estaba presta a destapar.

Le quitó la manta y quedó estupefacta al verlo.

–Nunca había visto uno en persona. Es bello –dijo y miró a Rodrigo con la boca entreabierta–. ¿A ti no te sorprende verlo? –preguntó extrañada de que Rodrigo no tuviera la misma impresión que ella–. Imposible no impactarse. ¡Mira tu cara! Parece como si estuvieras viendo un mueble de Rooms to Go. Se supone que tú, como arquitecto, quedaras tan embobado como lo estoy yo.

–Sí, me parece... Bueno, en realidad...

–Rodrigo, esto es como cuando vas al MoMA y te quedas embelesado con su colección de muebles. La diferencia es que aquí tienes uno de frente que puedes tocar, y abrir y cerrar las gavetas, sin miedo a que te regañen porque no hay nadie que te lo pueda impedir.

–Claro, es cierto.

–¿Tú habías entrado antes a este lugar? –preguntó intrigada.

–No, es la primera vez –contestó tajante.

–Es que me da la impresión de que has estado aquí antes.

–¿Qué te hace pensar eso?

–Porque desde que entraste a este lugar, que es mágico, nada te ha sorprendido. ¡Mira a tu alrededor! ¿No sientes la energía que yo siento? ¿Será que yo soy demasiado sensible? Es que no puede ser... Tú eres arquitecto y este lugar te debe... Olvídalo, olvídalo. Creo que soy una exagerada.

—No, tienes razón. Lo que pasa es que yo entro a lugares como este todo el tiempo y, pues, es mi día a día, tú sabes —contestó con una sonrisa desencajada.

Mónica no tenía tiempo para perder en nimiedades. Volvió los ojos a la inmensidad creada por Eams y Saarinen. Admiró la madera color nuez. Se perdió entre las vetas suavemente marmoleadas. Contó en la mente las gavetas hasta que introdujo el dedo índice en la abertura de una de ellas para abrirla. Sin embargo, se retractó. Le faltó valor. "¿Será justo aquí donde va a culminar este viaje sentimental? ¿Al fin encontraré una respuesta? Tengo miedo de hallar algo o de no hallar nada. ¿Qué quiero descubrir? ¿Qué busco?", pensó, sumida en un trance.

Rodrigo observaba en silencio, pero estaba inquieto. Se mordía el labio inferior, descansaba las manos en los bolsillos, acomodaba la correa... hasta que con un suspiro involuntario esfumó de la mente de la curadora de arte todas las preguntas que esta se formulaba. Ella lo miró por encima del hombro con los ojos arrugados. Cuando regresó la mirada se topó con un papel que estaba junto a una de las larguísimas patas del mueble y se acuclilló para recogerlo. Leyó en voz alta y con marcada pasividad.

> *El arte, aunque sea descabellado, y lo bello, aunque sea desproporcionado, tienen siempre algún buen fin, o cuando menos, alguna buena intención, y en ese sentido algo tienen de intrínsicamente moral.*

–¿Qué es? –preguntó Rodrigo con una de las cejas levantadas.

–Creo que es un aforismo de Eugenio María de Hostos –contestó con voz temblorosa–. Mi tía me hablaba mucho de él y de su filosofía de vida –prosiguió como si rebuscara en los archivos de sus recuerdos–. Me parece haberlo oído de su boca –continuó, pero esta vez se enfocaba en una búsqueda en Google por medio del móvil para comprobarlo–. ¡Sí, es cierto! –gritó.

–¿Qué es cierto?

–Que es un aforismo de Hostos. Y también...

–¿Qué?

–Que las cartas anónimas que he recibido son hechas con este mismo papel. ¡Mira! –dijo eufórica y lo acercó a Rodrigo–. ¡Yo lo sabía, lo sospeché! –sentenció con alborozo.

Desde la primera carta que recibió en su apartamento en Brooklyn, Mónica tuvo el presentimiento, pues el papel se le parecía al que una vez su tía le había enseñado a elaborar. "Tiene que parecer avena, Mónica. Luego lo vamos a esparcir en esta mayita para quitarle el exceso de agua. Vas a presionar para que quede todo parejito, si no, va a tener unas partes más gruesas que otras y no nos va a servir", recordó cuando confeccionaron uno la primera vez.

La tía Rosaura le había contado a Mónica que una vez leyó sobre una manera de elaborar papel y quiso tratarlo, y que cuando vio el producto final le gustó tanto que se le ocurrió crear marcadores de libros con pensamientos de Aristóteles y otros pensadores, entre ellos Hostos. A veces los repartía en las visitas a la casa de Nilita.

—Titi Rosaura me contó que imprimía los mensajes con una maquinilla. Luego aprendió a escribir en caligrafía. Ella era como una hormiguita, no paraba de trabajar y de crear. También era una estudiosa de Hostos. Admiraba todos sus escritos, esencialmente por su férrea defensa de la mujer. ¿Sabes que Hostos creía que la mujer debía tener el mismo derecho que el hombre para educarse? —cuestionó a Rodrigo.

—No sabía, pero me parece justo.

—Me extraña que no conozcas nada de él.

—Bueno, Mónica...

—Si trabajas en el Viejo San Juan, si te rodeas de tanta historia, ¿cómo no sabes de Hostos? —dijo anonadada—. Bah, olvídalo. Me pasa todo el tiempo. En este país nadie sabe nada de sus verdaderos próceres —continuó defraudada, mientras Rodrigo se palpaba la nuca y respiraba hondo.

La aparición del marcador fue como si le hubiesen puesto una inyección de energía y valor. Volvió a pararse frente al mueble decidida a finalmente abrir sus gavetas. Escogió una al azar y la abrió en conteo regresivo.

—¿Y todo esto qué es? —dijo extrañada cuando sacó decenas de documentos manuscritos y a maquinilla.

Abundaban papeles amarillentos y otros con manchas marrón como si les hubiese caído café. Trataba de entender lo que estaba escrito, pero sus ojos no focalizaban y su cerebro parecía estar apagado.

–Necesitaré un mes para poder ver todo esto –dijo agobiada–. No tengo tiempo para volver. Mañana debo estar en Nueva York. Esto no deja de ser una pesadilla –se puso la mano en la frente y cerró los ojos.

–No te desesperes, Mónica. Déjame ver si puedo ayudarte –dijo Rodrigo acercándose a ella y extendiéndole el brazo.

Mónica lo miró con la quijada tensa y los ojos bien abiertos, un gesto espontáneo que le bastó a Rodrigo para retroceder unos pasos. Al mismo tiempo ella recordó lo equivocada que estaba el día en que le comentó a Carol que conocía a alguien que la podía ayudar. Se refería a Rodrigo, que en vez de ser de gran ayuda, Mónica tenía una mala corazonada hacia él.

"¿Cómo lo saco de aquí? Necesito espacio para concentrarme. ¿Cómo pudo pasar por mi mente que Rodrigo podría ayudarme? Maldigo el día en que me lo encontré", dijo para sí aturdida.

–Mónica, creo que debo marcharme –comentó el arquitecto, cabizbajo.

–Perdona que sea tan sincera, pero sí, te debes ir. Necesito hacer esto sola.

Rodrigo bajó cada escalón con una pausa. En cada paso que daba parecía querer retroceder, como si se le hubiese quedado algo por terminar.

Mientras, Mónica se sentaba rendida en el suelo de baldosas criollas. Lucía macilenta. Las pocas horas que llevaba en aquel lugar la habían consumido. Sus pensamientos parecían las aspas de un helicóptero listo para comenzar un viaje y cobraban fuerza con cada segundo que transcurría. Ella tenía que formar correctamente y en poco tiempo la figura del rompecabezas que se le había presentado. Y esos pedazos de diferentes siluetas la enterraban cada vez más profundo en un hueco oscuro sin un final.

Una noche, parada junto al ventanal del apartamento en Brooklyn, le comentó a Carol que hubiese preferido no haberle hecho caso a la primera carta que llegó. Ese pedazo de papel compuesto por una pulpa parecida a la avena que con cuidado alguien eliminó el exceso de agua, dejó secar e imprimió un mensaje expresamente para ella, la destruía a cuentagotas. Le dijo con rabia que una fuerza mayor desbarataba su sueño de trabajar en un museo como el Guggenheim, y hasta se atrevió a renegar su relación con la tía Rosaura. "No sé por qué idolatro a esa mujer que puso en riesgo el trabajo de mi papá y la tranquilidad de mi familia", despotricó como un gato encorvado tras verse cara a cara con su eterno enemigo.

Aún en la casona, Mónica se escurrió hasta quedar acostada en el suelo. Miró hacia el techo decorado con vigas de madera perfectamente colocadas que le perecían gigantes enojosos y se le erizó la piel. Cambió la vista hacia las paredes de un blanco limpísimo que la cegaron. Sintió una opresión en el pecho, como si la bota enfangada de un ruin la mantuviera presa. Cerró los ojos y movió la cabeza de lado a lado. Solo veía el negro del fondo de sus ojos y se mantuvo en ese estado hasta que escuchó la llegada de un mensaje a su teléfono móvil.

He's good! Mira esto.

Así rezaba un texto de Carol con una imagen que se resistía a aparecer en la pantalla del teléfono. Mónica se levantó del suelo como un resorte para tratar de buscar más recepción en el celular y poder ver la imagen. Abrió la puerta de la entrada, bajó los escalones de prisa, los subió otra vez, corrió hacia unas ventanas... pero nada funcionó. No fue hasta que entró al despacho de Kurt que apareció la foto en la pantalla del móvil.

Lanzarote, Islas Canarias

–¡Qué bueno que contestas mi llamada! Estaba preocupada porque no supe nada de ti. Nunca recibí una llamada, un mensaje de texto ni un correo electrónico para saber que habías llegado bien. Yo estoy segura de que tus padres, Carmín y Rafael, te enseñaron mejor, muchacho. Bueno. Nada. Dime, ¿qué ha pasado? Quiero escuchar buenas nuevas.

Rodrigo, que había salido de la casona desencajado, caminó por la calle del Sol hasta llegar a la plazuela donde está La Rogativa. Allí, con los hombros medio caídos, se sentó bajo la sombra de un árbol y recibió la llamada de Rosaura.

–¿Qué tal, Margot? A esta hora de seguro está en su sillón mirando el mar –contestó en tono alegre para tratar de fingir su desgano.

–Me conoces casi bien, Rodrigo, pero no me he sentado todavía. Estoy recogiendo trastes en la cocina. Luego me voy a preparar una tisana para mecerme en el sillón y disfrutar de la brisa marina. Soy mujer de rutina –dijo risueña–. Y dime, ¿qué noticias me tienes? Cuenta, que estoy ansiosa.

–Margot… –enunció su nombre con sosiego.

–Uy, qué cambio de actitud. Con esa flojera creo que no hay nada bueno que escuchar.

–Sí… y no… Lo positivo es que Mónica regresó y está en la casona. Acabo de estar con ella.

–¿Y qué es lo malo?

–Que no tiene mucho tiempo y lo que encontró no fue de su agrado. Cuando abrió una de las gavetas del mueble de Eams y Saarinen lo que encontró fue unos papeles manchados. No me dejó verlos, pero según dijo eran difíciles de leer.

–Qué raro. Todo está tan claro allí –comentó y se mantuvo en silencio unos segundos–. Pero, Rodrigo, ¡y el documento de la sentadera verde! –continuó–. Tienes que hacer algo para que vaya directo a él. Si se deja llevar solo por el testamento que indica que el documento está en la lámpara de cerámica no lo va a encontrar.

–Margot, escuche, si la incitaba a buscar en otro lado iba a sospechar. Decidí dejarla sola. Me sentí como un guardia velando sus pasos y ella no está muy a gusto conmigo.

–Rodrigo, si no ve ese papel, el que está en el cojín verde, nada va a encajar. Ella tiene que encontrarlo –reaccionó en voz alta–. Debe haber otra manera de hacer esto –dijo la anciana más calmada.

–Pues, dígame cuál es –contestó Rodrigo en tono irónico.

–No. Vamos a esperar. Mi sobrina es astuta. La conozco –contestó puntual.

–De acuerdo, pero Mónica debe regresar a Nueva York mañana.

—Algo se me ocurrirá –dijo con seguridad y colgó la llamada.

Rodrigo se quedó pasmado. Rosaura no le concedió ni un minuto para despedirse.

"Esta vieja es insoportable", refunfuñó entre dientes.

Capítulo 15

A media luz

Mónica pasó la noche en la casona a lo Sherlock Holmes. Luego de que Carol le enviara el mensaje de texto con una fotografía del epitafio de Kurt y pudo ver la foto, la llamó inmediatamente:

—Carol, tu amigo es un éxito. Esto es como un milagro. Yo que había perdido todas las esperanzas —dijo sin tomar un respiro.

—Sí, Mónica. Yo tampoco puedo creer que él había tomado esa foto. Sigo anonadada. Pero tengo que decirte algo, ese Kurt era un hombre bien raro. ¿Quién escribe un epitafio así?

—Ay, sí —contestó como si le hubiese dado un bajón de azúcar—. Tanta emoción y no sé qué coño significa lo que escribió. Amiga, solo Dios sabe qué quiso decir en ese mensaje. ¡Ay! —gritó desesperada—, esto me tiene tan harta. Estoy extenuada y bien encojonada también –siguió con voz gruesa y profunda–. Yo me tengo que ir de Puerto Rico a terminar la exhibición. Esta es la última oportunidad para descifrar toda esta mierda y no sé cómo lo haré. Es demasiado –culminó con voz entrecortada.

–Pero, ¡tan feliz que me llamaste! Entiendo que te ha tocado tremendo desafío... quisiera estar allí para ayudarte. ¿Qué piensas hacer?

–Ahora mismo parece que tengo un espagueti en el cerebro. Ya no sé razonar. Por un lado, quiero averiguar este misterio. Por otro, tengo que acabar la exhibición y tratar de que Octavio cambie de opinión para quedarme en el museo. Carol, ese es el trabajo de mis sueños y por esta mierda creo que lo voy a perder.

–Mónica, tú eres bien capaz y vas a poder con todo...

–Ah, ¡y no te he dicho! –exclamó interrumpiéndola–. Me ha pasado algo por la mente muy, muy fuerte y grande.

–No me asustes.

–Amiga, es algo bien loco, pero creo que es real.

–Dímelo ya o me va a dar un ataque.

–Esta vez sí voy a confiar en ti y te lo voy a decir. Pero prométeme que guardarás este secreto y todo lo demás que te diga de ahora en adelante. ¿Lo harás?

–Si a estas alturas no te has dado cuenta de lo buena amiga que soy...

–Tienes razón. Escucha, no lo vas a creer, pero creo que mi mamá...

En ese momento el móvil de Mónica se apagó. Se le había acabado la carga. Eran las 10:30 de la noche y en la casona no había luz; se había estado alumbrando con la lámpara del celular y con un poco de la claridad que entraba por los soles truncos de las puertas del balcón. Maldijo mil veces su suerte, sollozó y permaneció en silencio.

El sosiego de ese momento le clarificó la mente y recordó que tenía una linterna pequeña en su cartera. Dentro de la oscuridad, que se aclaraba un tanto con la luz artificial de su pequeña linterna y la que entraba fragmentada de la calle, y con sigilo, se propuso decodificar el epitafio.

A pocas horas de amanecer el cansancio la venció. "¿Dónde podré descansar un rato?", se preguntó. No se atrevía a entrar a uno de los cuartos para ver si había una cama para acostarse. Sin embargo, se le ocurrió poner en el suelo la sentadera de una butaca verde que había en la oficina de Kurt para al menos descansar la cabeza en ella.

Transcurrieron escasas horas cuando un rayo de luz se posó en la frente, en el ojo izquierdo, en la punta de la nariz y en la comisura derecha de su labio. Trató de esquivarlo, pero la claridad, con forma de lanza, se mantuvo persistente como para avisarle que tenía que despertarse. Un tanto después la luz se ensanchó, se puso más brillante y le iluminó toda la cara. Con parpadeos para acostumbrarse a la claridad movió la cabeza y sintió algo raro dentro del cojín. Se incorporó para averiguar qué era. Abrió la cremallera y encontró un papel. "Qué tal si me hago la loca e ignoro al maldito papel que tengo en mis manos", se dijo con cierto agobio. Caviló su próximo movimiento hasta que no pudo resistir más y de un tris lo desdobló y leyó.

Capítulo 16

Pura confesión

Un año más tarde

—Últimamente tengo fascinación por los de cocina —dijo Mónica mientras rebuscaba entre distintos títulos de libros en un estante de madera de la librería Rizzoli en Nueva York—. También los de decoración, como este —sacó uno titulado *Rattan* en el que la cubierta exhibía una mesa larga de ese material en medio de un paisaje bucólico.

—¿*Rattan*? —reaccionó Sergio con tedio—. Cuando escucho esa palabra me viene a la mente la casa de una de mis tías con esos muebles y cojines color rosa viejo. Y no, no me gusta —comentó mientras movía la cabeza de lado a lado.

—Hay de todo y para todos los gustos, Sergio. Mira estos. No me digas que no son lindos —dijo y le enseñó otros ejemplares.

—Eh, más o menos. Pero, no. Mejor vamos a ver los libros de cocina —cogió a Mónica por el brazo para ir a esa sección de la librería.

—Espera. Quiero buscar uno del estilo *Mid Century* que me fascina.

—Ahí estamos de acuerdo. Ese sí está aprobado. Pero tú debes tener cientos de esos.

—Sabes que soy insaciable con los libros. Creo que he gastado la mitad de mi sueldo en ellos.

—Me sucede igual, pero con la comida —dijo con una carcajada—. Y hablando de comida, ¿vamos a comer algo? Creo que no duro media hora más aquí. Me muero del hambre.

—Sí, vamos. Yo tampoco aguanto. No me puedo concentrar cuando tengo hambre.

Salieron de la famosa librería ubicada cerca del icónico edificio Flatiron.

—Ese edificio es una maravilla. ¿Sabías que cuando lo inauguraron tuvo muchos detractores? Hubo gente que no entendía su forma tan peculiar, otros elogiaron su diseño —comentó Mónica mientras caminaban despacio para admirarlo.

—Para mí su arquitectura es lo que lo hace diferente.

—Definitivo, pero a principios del siglo veinte un edificio con esa forma estaba muy adelantado a su tiempo. Ahora, como sabes, es uno de los más famosos de la ciudad.

–¿Qué te parece si vamos a Eataly? –preguntó Sergio.
–Prefiero Buvette.
–Entonces pido un taxi porque estamos lejos –dijo el muchacho y levantó la mano para hacerle señas a uno que se acercaba–. Luego te llevo a una librería cerca del Village.

Mónica asintió satisfecha y abordó el automóvil. Desde la ventana a medio abrir del asiento posterior admiraba los edificios de gran altura que no la dejaban ver el cielo azul de aquella tarde despejada. Igual los bocinazos del tráfico empañaban las notas musicales de un saxofonista callejero, parado en una esquina, en busca de limosna por su talento.

–Siempre igual de fascinante. Mi ciudad preferida –comentó a Sergio.
–Nada ha cambiado, Mónica, ni cambiará.

El Nueva York que ella había dejado seguía con la mezcla de culturas y el ambiente vibrante. Igual de excéntrica y ruidosa. Era la misma urbe caótica donde, a pesar de que no podía apreciar la luna, aun cuando estuviera llena, siempre le ilusionaba visitar.

Se apearon del taxi y caminaron hasta llegar al restaurante donde iban a almorzar.

–Me encanta venir a Buvette –comentó Mónica sonriente–. El mármol carrara de la barra, las sillas desgastadas, las mesas de madera oscura, la comida... y, por supuesto, el café –dijo y suspiró con agrado tras sentarse en una mesa cerca de un jardín interior.

–Te tengo que llevar a Little Owl que queda en la esquina más arriba –dijo Sergio entusiasmado–. La última vez que cené allí fue para el día de Acción de Gracias. Pasamos una noche memorable, aunque muy lejos de las que hacemos en Puerto Rico, pero ya me he acostumbrado al pavo desabrido que hacen acá –dijo con una mueca, como si saboreara un bombón agrio.

–Hasta ahí, Sergio. Nada como el pavo y el relleno que hace mi mamá y ni hablar de las batatas y el flan que hacía mi tía.

–Calla, que se me hace la boca agua. Oye, pero hemos hablado de todo menos de lo más importante. Quiero saber sobre lo de tu tía y el alemán. Y no te creas que se me va a hacer fácil perdonarte el que no me hayas contestado ninguna llamada –dijo Sergio mientras le hacía señas al mesero para pedir algo de tomar.

–Yo estaba como una demente y te pedí disculpas.

–Lo sé, Mónica, lo digo para molestarte.

–Pues no me lo recuerdes. Ni te imaginas la angustia que me daba cuando veía tus llamadas y textos. Que quede claro que no te contesté ni a ti ni a nadie que me llamó o escribió en ese momento.

–Vale. Recibidas las disculpas... otra vez. Ahora, arranca con el cuento que me quiero enterar.

–¿Estás listo? Mira que la historia es larga –confesó Mónica con los ojos saltones y con un suspiro profundo.

–Lo último que supe en la "última" llamada que me contestaste –puntualizó ese detalle con el dedo índice y le guiñó un ojo–, fue cuando te estabas montando en el avión para regresar a Puerto Rico, a una semana de la apertura de la exhibición de arte de Kandinsky –comentó mirando las burbujas de la champaña que le acababan de servir.

–Anda. De eso ya va un año y todavía me diriges la palabra. Te agradezco que aún seas mi amigo –dijo Mónica con una carcajada.

–Acepto que me caes demasiado bien, Mónica.

–Te cuento: llegué a Puerto Rico y lo primero que hice, luego de dejar mis cosas en el cuarto que alquilé, fue ir a la casona. Allí me concentré en el mueble al que se refería la última carta, el de Eams y Saarinen. Cuando al fin decidí abrir una de las gavetas, lo que encontré fue un montón de documentos amarillentos. Al verlos se me nubló la mente. Yo no sé por qué se me hizo difícil leerlos si en ellos estaba casi todo lo que tenía que saber.

–¿Qué debías saber?

–Empiezo desde el principio para que entiendas. En el 1999 mi tía Rosaura desapareció en una playa cerca del cementerio del Viejo San Juan. Ella fingió haberse ahogado. Fue un plan para huir de la isla. Olga y Kurt eran los únicos que lo sabían.

–¿De quién quería huir?

–Mi tía fue carpeteada y ese evento la traumatizó mucho. Además, mi familia decía que a causa de ese carpeteo mi papá podía quedarse sin empleo porque lo estaban hostigando en su trabajo. También ella se sentía culpable de la muerte de una de sus mejores amigas en un accidente de carro.

—¡¿Cómo?!

—Sí, Sergio. Son muchos detalles. Te los cuento por encima y lo más importante para que entiendas mejor. El rollo es largo, largo.

—Como prefieras. No hay duda de que la vida de tu tía estuvo llena de enigmas.

—Llegó a Santo Domingo bajo el nombre ficticio de Margot Perdomo y de ahí voló a Madrid. Luego decidió quedarse a vivir en Lanzarote, una de las Islas Canarias cerca del desierto del Sáhara. Antes de irse ella me había entregado una caja de metal de galletas danesas. Por alguna razón a mí no se me ocurrió abrirla. Luego de la desaparición menos ganas tuve de hacerlo porque su supuesta muerte me pegó muy fuerte. Ella y yo éramos muy unidas.

"En esa caja de metal no había galletas sino decenas de cartas y otros documentos. Entre ellos, uno que destacaba la importancia de las obras de arte que había dentro de la casona y pedía que me mantuviera pendiente a cuando Kurt falleciera. En otra carta explicaba lo que yo debía hacer: encontrar el testamento del alemán y descifrar el epitafio.

—Uff, esto es como de telenovela.

—Y lo que falta, Sergio. Atiende. Kurt no tenía descendientes así que puso a mi tía como la única heredera. Pero al ella huir eso no iba a poder ser así es que ambos se ingeniaron un plan, al estilo de Kurt, que ya te expliqué lo extravagante que era. Decidieron que "alguien", lo suficientemente capaz como para decodificar el juego, fuera el que heredara todo.

—¿Y ese "alguien" era...?

—Ese "alguien" era yo. ¿Por qué pensó en mí?, no lo sé. Puedo suponer que fue porque ella era adoración conmigo y yo con ella, y porque convenció a Kurt para que así fuera. Pero necesitaban que otra persona supiera y confiaron el secreto a Olga.

"Cuando Kurt muere, Olga le notifica a mi tía sobre su fallecimiento. Para ese momento se suponía que yo hubiese leído las cartas de la lata de galletas y estuviese atenta a la muerte del alemán, lo que no había hecho. Pasó el tiempo y ellas deducen que yo nunca abrí la caja de galletas y que por lo tanto no había leído las cartas. De hecho, cuando lo hice, luego de la primera carta, no quise mirar mucho. Solo leí una carta y en esta lo que encontré fueron mensajes entre líneas, nada concreto.

"Cuando se dan cuenta de que yo no había leído las cartas, a mi tía se le ocurre poner un anuncio en el periódico en el que solicitaba la ayuda de un experto en renovaciones de edificios históricos. Había que actuar rápido por que se corría el riesgo de que la casona pasara a otras manos si nadie la reclamaba. Ella sabía que Rodrigo Mignucci hacía esos trabajos y el anuncio era más bien para que él contestara. Se corrió el riesgo, pero afortunadamente él fue uno de los que contestó al llamado. Rodrigo voló a Lanzarote y se reunió con mi tía por varios días. Cuando llegó a Puerto Rico visitó a

Olga y comenzó el "juego". Lo próximo era asegurarse de que me llegaran las carta para yo ponerme a "jugar".

"El epitafio fue lo primero que me pidieron ir a ver y ya sabes que estaba destruido cuando lo encontré. Agraciadamente, el amigo francés de Carol, que trabaja en Google, lo había fotografiado. Era obvio que un mensaje como ese, en un pedazo de mármol, iba a llamar la atención y gracias a eso él tomó la foto.

–¿Qué decía el epitafio? –Sergio preguntó moviendo los brazos con desespero.

–Ya te diré, ten paciencia –contestó Mónica y continuó–. Con todo lo que me pasó con Octavio antes de irme, y la dichosa apertura de la exhibición, estaba agobiada. Por eso, aun cuando tenía todas las respuestas frente a mis ojos, no las podía ver. Esa noche que pasé en la casona traté de encontrar respuestas, pero fue muy difícil. Hasta que el cansancio se convirtió en la flecha que dio en el blanco.

–Ahora sí que me perdí con tus metáforas.

–Escucha –dijo Mónica a carcajadas–. Como no me atreví a entrar a ningún cuarto para ver si había una cama donde pudiera acostarme, se me ocurrió poner en el piso la sentadera de una butaca verde que había en la oficina de Kurt. Amaneció y la claridad me despertó. Moví la cabeza y sentí algo raro dentro del cojín. Abrí la cremallera y saqué un papel doblado. Era un documento escrito por Kurt. ¿Cómo llegó ahí? No lo sé, pero gracias a ese papel pude empezar a descubrirlo todo –dijo tras tomar un sorbo de champán y miró a Sergio sonreída.

–Espera, ¿no me digas que me vas a dejar con la historia a la mitad?

–Claro que no. Solo quiero que aprecies mi cara de felicidad. Verás, Sergio. Mis últimos años, desde que terminé la maestría, transcurrieron como una mosca sin saber dónde posarse. Tuve muchas altas y bajas. Me sentía sin rumbo. Estaba perdida. Primero el descontento con mi trabajo en el Instituto de Cultura y luego, cuando ya creía que lo tenía todo con el trabajo en el Guggenheim, aparece la primera carta anónima. Hubo un momento en el que maldije hasta a mi propia familia. Me sentía que estaba dentro de una licuadora.

–Ay, Mónica, qué trágica.

–Así me sentía. Y sí, para mí fue una tragedia.

–¡Esto merece otra botella de champán! –exclamó Sergio–. Sigue con la historia.

–El papel que estaba dentro del cojín era una carta de Kurt que indicaba las piezas más importantes de su colección de arte. Muchas de ellas estaban sin firmar o solo tenían las iniciales del autor.

–¿Por qué estaban sin firmar?

–Como ya te he explicado, Kurt era bastante extravagante y les pidió a algunos de sus amigos artistas obras sin firmar. Cuando él y mi tía idearon el juego del testamento una de las reglas era que se debía descifrar cuáles eran las dos obras más importantes de su colección. Ahí es que entra el epitafio, pero la clave estaba en el documento que yo encontré en la sentadera verde, pero que él había dejado en una vasija de cerámica que había convertido en lámpara.

—¡No jodas!

—Se me hizo difícil, pero pude descifrarlo.

—¿Cuáles son las obras?

—Las dos obras más importantes son un cuadro de Tufiño y un poema de Julia de Burgos, que solo tiene sus iniciales: J. B., y está escrito a mano.

—¡Qué tipo más loco!

—Lo más increíble de la historia es que mi tía es la que aparece en ese cuadro y que yo me topé con el poema de Julia de Burgos la primera vez que llegué a la casona.

—¡Tufiño y Julia de Burgos!

—Los papeles amarillentos que encontré en el mueble de Eams y Saarinen comenzaron a tener sentido. En todos había una descripción de las piezas que Kurt adquiría. Mi tía era la que se encargaba de hacer esos registros. Según el testamento, la persona que encontrara el papel y pudiera decodificar el epitafio sería la que se quedaría con todas sus pertenencias.

—Y esa eres tú.

—Alguien quería que fuera yo y esa era mi tía. Pero hubo otra persona que también quiso "jugar" y no vas a creer quién fue.

—Ay, no. ¿Quién?

Mónica bajó la mirada y entrelazó sus manos. Permaneció callada un rato hasta que tomó un respiro profundo y volvió a mirar a Sergio. Sus ojos aguados y rojos delataron la amargura.

—Mi querida madre.

—¿Qué?

Los ojos de Mónica se postraron en la puerta de entrada del restaurante y comenzó a recordar cuando llegó a la casa de sus padres luego de aquella noche que pasó en la casona. Ojerosa y despeinada los abrazó y se vació en llanto. Escurrida en el sofá de la sala les contó. Su papá estaba incrédulo. Se paró y fue a la cocina a buscar una cerveza. Quizás un poco de alcohol le abría la mente para entender. Amelia se mantuvo parada con la mirada centrada en una canasta de flores de Lladró que adornaba la mesa del centro. Hasta que no pudo más. Se arrodilló frente a Mónica y lloró hasta quedar casi sin voz.

—Mi mamá nunca perdonó a mi tía por todo lo que te conté del carpeteo y el trabajo de mi papá. También, le tenía celos y no le gustaba mi relación tan estrecha con mi tía. Al parecer ella sabía lo de la caja de metal de galletas danesas y había leído todas las cartas.

—Lo siento, Mónica. Debe ser doloroso que una madre haga eso.

—La perdoné —dijo firme y luego tomó un sorbo de champán como para poner punto final a ese tema de su madre.

—Sigo curioso con el epitafio, ¿qué decía?

—El epitafio de Kurt leía así:

En la tina... R. T.
Manuscrito... J. B.
Lo demás... E &S
Kurt Fisher 1930- 2014

−¿Qué coño es eso?

−La primera línea significa que el cuadro de la tina, donde te dije que aparece mi tía, lo pintó Rafael Tufiño. La segunda línea es sobre el poema escrito a mano por Julia de Burgos. La tercera, que las descripciones de las demás obras estaban clasificadas en el mueble de Eams y Saarinen.

Luego de dos botellas de champán y un *croque* de jamón y queso *gruyère*, que se comió cada uno, Mónica culminó su prolongada anécdota. Había hablado tanto, que por un momento sintió que había reencarnado en la secretaria cubana del Guggenheim, Carmen.

Le dijo a Sergio que pidiera la cuenta y que hablaran de otro tema, pero él no quiso perderse ni un poco la interesante historia.

−Ya entiendo por qué no contestaste ninguna de mis llamadas −dijo Sergio a Mónica mientras caminaban hacia la librería a la que le había prometido llevarla en el Village−. Y es increíble cómo Carol no me dijo nada.

−Mi querida Carol. Ella es una gran amiga. Le debo mucho.

−Yo soy el que te debe. Gracias a ti la conocí.

−Oye, y hablando de Carol, ¿en dónde nos vamos a encontrar con ella?

—Preferimos que sea en el apartamento. Ella está loca porque veas la decoración.

—Me lo dices con una vocecita rara. ¿A ti te gustó?

—Eh... Tuvimos que hacer varios tratos.

—Hm... Esos tratos los conozco bien —dijo Mónica a carcajadas.

—Ya sabes, la puerta azul, el sofá...

—¡No me digas, quiero que sea una sorpresa! —exclamó tapándose los oídos con las manos.

Luego de visitar la librería y escudriñar varios de los anaqueles partieron hacia el apartamento. A poca distancia del lugar, se veía a Carol esperándolos frente a la puerta, que esta vez quiso pintar azul. Desde el andén la ilustradora les hacía gestos con las manos y les tiraba besos. Cuando estuvieron una frente a la otra, las amigas y excompañeras de apartamento se abrazaron prolongadamente.

Al separarse, Carol extendió la mano y le entregó un sobre a Mónica. La curadora la miró perturbada.

—¿No me digas que es otra carta?

Carol la abrazó otra vez. Mónica se aferró a ella con más fuerza. Lloró en su hombro y decidió que no lo abriría hasta que regresara a Puerto Rico.

Sergio imploró que la tarde no terminara en tristeza. Daba palmadas para tratar de cambiar el ánimo de Mónica y le pidió a Carol que le enseñara el apartamento.

—Vamos a ver esta belleza —dijo secándose las lágrimas y haciendo lo posible por olvidar la nueva carta.

Fueron por cada recoveco del apartamento. Carol le explicó a Mónica todas las renovaciones, desde dónde consiguió las telas con las que tapizó el sofá, hasta cada una de las tiendas de segunda mano que visitó para adquirir las diferentes piezas de la vajilla.

Terminado el recorrido se sentaron en la mesa del comedor a conversar y Carol aprovechó para entregarle a Mónica un libro.

—Quiero que lo veas. Supe de la autora por una de las escritoras españolas que sigo por Facebook. De las que a ti no te gustan porque piensas que no es buena literatura.

—Ah, claro. Las que escriben las novelitas *feel good*.

—Sí, de las que escriben las historias que se desarrollan en Londres —contestó Carol sonriente y soñadora, de seguro en su mente se había transportado a uno de los cafés de moda y galerías de arte del barrio Shoreditch de Londres, tan hípster como ella.

—¿Y?

—Ahora viene lo bueno. Mira quién es la autora.

—¡¿Margot Perdomo?! —gritó Mónica.

—De Lanzarote. Y mira lo que hay en el centro.

—No me digas que...

—Sí y es demasiada coincidencia.

—Demasiada —contestó Mónica aún asombrada.

—Sí, Mónica. Es el mismo nombre y el papel de las cartas. Yo estoy segura de que es tu tía.

En el centro había un papel hecho a mano y con un aforismo de Hostos como los que hacía la tía.

Mónica no despegó la mirada del papel y recordó cuando Olga le contó el último encuentro que tuvo con Rosaura...

–Olga, querida, te confieso que me siento aliviada de que las obras y la casona de Kurt van a estar con una buena custodia. Mi sobrina Mónica sabrá muy bien qué hacer. Con la entrega del patrimonio de Kurt al fin concluyo con este episodio que por tanto tiempo me ha llenado de tristeza. Y la muerte de Awilda, que la he cargado sobre mis hombros demasiado tiempo. Ahora me toca descansar de esa culpa y de esta enfermedad que asedia mis días –dijo Rosaura pausada y aletargada.

Olga le dijo a Mónica que Rosaura residía en la isla de Lanzarote desde que huyó de Puerto Rico. También, que había cambiado su nombre por el de Margot Perdomo, pero no le mencionó que había escrito un libro. Sí le contó que estaba muy enferma y que sus días se agotaban.

Una interrogante quedó pendida en esa conversación entre Mónica y Olga; tan solitaria como un calcetín olvidado en un cordel de ropa: "¿Mi tía Rosaura te dijo si quería volver a verme?", preguntó Mónica con los ojos centrados en su pantalón de mezclilla y las manos entrelazadas. Olga hizo mutis. Sus labios quedaron sellados.

Capítulo 17

Dulce abrazo de brisa caribeña

Luego de que Mónica descifró el epitafio de Kurt, muchas de sus prioridades cambiaron. Nueva York ya no significaba lo máximo, veía al Guggenheim como una mole de cemento redondo y la exhibición de arte que estaba preparando, así como el trabajo como curadora, le importaban poco. A la vez que resolvió el juego de un alemán excéntrico, se quitaba decenas de máscaras que no le dejaban ver lo que verdaderamente era importante.

Se propuso darle una nueva oportunidad a su vida en la isla, aun dolida por haber dejado un sueño a medias en la ciudad que tanta ilusión le daba. Prometió regresar a Nueva York cuando sanara sus heridas, pero, antes, tenía que encontrar un trabajo para sostenerse y buscar la manera de que el legado de Kurt tuviera un propósito positivo en la cultura.

Cuando regresó de visitar a sus amigos en Nueva York quiso ir a la playa donde la tía Rosaura había desaparecido para leer la carta que Carol le había entregado. La quería leer en ese lugar. El mar estaba bravo. Habían anunciado mal tiempo. Comoquiera, ella se empecinó y fue. Bajó con cuidado la cuesta pedregosa. Tanteó cada paso como un gato desconfiado.

La furia de una ola erizó su piel. Miró hacia la orilla y divisó la silueta de una mujer con los brazos abiertos en señal de libertad que la perturbó. Las palpitaciones de su corazón aumentaron. Se puso la mano en el pecho para tratar de apaciguarlo. Sentía que su boca se secaba. Jadeaba. Las manos le sudaban. Todo su cuerpo temblaba. Despacio continuó su ida hacia la poza cuando otro golpe de olas interrumpió ese caminar de pasos lentos. Esta vez sus ojos se encontraron con los de la mujer que vestía un traje vaporoso blanco y recibía directo al pecho la ventolera del Atlántico.

Sin importar el tiempo que había transcurrido, aquella mirada no había cambiado del todo y Mónica la reconoció. Era Rosaura. La tía le sonrió unos instantes y luego volteó la cabeza hacia el inmenso mar. Abrió los brazos y comenzó a adentrarse al agua. Las olas parecían cargarla suavemente.

Mónica se mantuvo inmóvil y observaba cómo Rosaura se hundía sin pelear con la marea. De pronto, un viento rápido, como el de una barrida fugaz, levantó arena que cayó dentro de los ojos de la muchacha. Los cerró instintivamente. Cuando los volvió a abrir Rosaura ya no estaba.

A pesar de haber perdido de vista a la mujer, Mónica se mantuvo en calma, pero sudaba profusamente. De pronto, su cuerpo estático comenzó a temblar y las mejillas se le empapaban de lágrimas.

Abrió la última carta que recibió y decidió leerla en voz alta:

Nunca olvides que eres más que unas perlas plásticas.

Te quiero,
Titi Rosaura

Otra ventisca, aún más fuerte, le arrebató el papel de la mano. Trató de recuperarlo, pero el ventarrón fue más ágil que sus movimientos. Con los labios temblorosos gimió. Entre sollozos y lágrimas, que se evaporaban con el pasar del viento recio, le dio la espalda al mar bravo y empezó a subir la cuesta empinada.

Olga la esperaba con los brazos extendidos en la parte de arriba del camino. Mónica, al reconocerla, trató de correr hacia ella, pero las piedras sueltas retrasaban su ida. Cuando al fin la tuvo de frente sollozó y descansó la mejilla en su hombro.

—Todo acabó —le dijo al oído con voz melodiosa la mejor amiga de su entrañable tía.

Mónica, abrazada a ella, sonrió al sentir la tela suave de su bata y el roce juguetón de la cola de un gato.

FIN

Agradecimientos

Luego de años de estudio, lecturas y un inmenso amor a Puerto Rico surge *Perlas plásticas*. También, esta novela ha sido posible por la guía de grandes escritores que me enseñaron a narrar.

Al Dr. Luis López Nieves, por sus cátedras –que tanto extraño– durante mis estudios de maestría, así como por su dirección en mi tesis para completar el grado académico.

A Tere Dávila y José Borges, por aceptar ser parte de mi comité de tesis. Estaré siempre agradecida por sus acertadas críticas.

A Emilio del Carril, por contagiarme su amor por la literatura, y a José Rabelo, por su enseñanza suave, pero precisa, sobre la creación literaria.

A todos mis compañeros de maestría, en especial a Esther Andrade, Zamia Romero y Alexander Rivera.

¡Cuánto daría por volver a las escaleras a escucharnos, sin mirar el reloj!

A Marcela Guerrero, curadora de arte del Whitney Museum of American Art, en Nueva York, a quien le pedí que me contara sobre su profesión y aceptó muy amablemente. Nuestro encuentro en un café de Brooklyn perdurará entre mis recuerdos.

A Mariana González y Andrea Marcano, de Construye tu Libro, por escudriñar el manuscrito hasta hacerlo brillar y por dirigirme hasta su publicación.

¡Gracias!

Made in United States
North Haven, CT
17 August 2023